张晓风

作品

名家散文精选

在无风的静夜里

湖南文艺出版社
HUNAN LITERATURE AND ART PUBLISHING HOUSE

博集天卷
CS-BOOKY

在 无 风 的 静 夜 里

目录 Contents

1

共此明月

在 无 风 的 静 夜 里

在无风的静夜里

自序

一 部 分 的 我

我不喜欢写小传，因为，我并不在那里面，再怎么写，也只能写出一部分的我。

一

我出生在浙江金华一个叫白龙桥的地方，这地方我一岁离开后就没有再去过，但对它颇有好感。它有两件事令我着迷：其一是李清照住过此地；其二是它产一种美味的坚果，叫香榧子。

我出生的年份是一九四一年，日子是三月二十九日。对这个生日，我也颇感自豪，因为这一天在台湾正逢节日，所以年年放假，令人有普天同庆的错觉。成年以后偶然发现这一天的前一日刚好是英国女作家弗吉尼亚·伍尔芙的忌日，她是一九四一年三月二十八日离家去自杀的，几周后才被发现，算来也就是 4 月吧！

有幸在时间上和弗吉尼亚·伍尔芙擦肩而过的我，有幸在李清照晚年小居的地方出生的我，能对自己期许多一点吗？

二

父亲叫张家闲，几代以来住在徐州东南乡二陈集，但在这以前，他们是从安徽小张庄搬去的，小张庄在一九九〇年前后一度被联合国选为模范村。

母亲叫谢庆欧，安徽灵璧县人（但她自小住在双沟镇上），据说灵璧的钟馗像最灵。她是谢玄这一支传下的后人，这几年一直想回乡找家谱。家谱用三个大樟木箱装着，在日本人占领时期，因藏在壁中，得避一劫，不料五十年后却遭焚毁。一九九七年，母亲和我赴山东胶南[1]，想打听一个叫喜鹊窝的地方，那里有个解家村（谢、解同源，解姓是因避祸而改的姓），她听她父亲说，几百年前，他们是从喜鹊窝搬过去的。

---

[1]　如今的山东省青岛市黄岛区。——编者注

我们在胶南什么也找不着，姓解的人倒碰上几个。仲秋时节，有位解姓女子，家有一株柿子树，柿叶和柿子竞红。她强拉我们坐下，我第一次知道原来好柿子不是"吃"的，而是"喝"的，连喝了两个柿子，不能忘记那艳红香馥的流霞。

家谱是找不到了，胶南之行后意外地拎着一包带壳的落花生回来，是解姓女子送的。吃完了花生，我把花生壳送去照相馆，用拷贝的方法制成了两个书签，就姑且用它记忆那光荣的姓氏吧！

三

我出身于中文系，受"国故派"的国学教育，看起来眼见就会跟写作绝缘了。当年，在我之前，写作几乎是外文系的专利，不料在我之后，情况完全改观，中文系成了写作的主力。我大概算是个"玩阴"的改革分子，当年教授不许我们写白话文，我就乖乖地写文言文，就作旧诗，就填词，就度曲。谁怕谁啊，多读点旧文学怕什么，艺多不压身。那些玩意儿日后都成了我的新资源，都为我所用。

四

在台湾，有三个重要的文学大奖，中山文艺奖、台湾文艺奖、吴三连文学奖，前两项是官方的，后一项是民间的，我分别于一九六七年、一九八〇年和一九九七年获得。我的丈夫笑我有"得奖的习惯"。

　　但我真正难忘的却是《幼狮文艺》所颁给我的一项散文首奖。

　　台湾刚"解严"的时候，有位美国电视记者来访问作家的反应，不知怎么找上我，他问我"解严"了，是否写作上比较自由了？我说没有，我写作一向自由，如果有麻烦，那是编者的麻烦，我自己从来不麻烦。

　　唯一出事的是有次有个剧本遭禁演，剧本叫《自烹》，写的是易牙烹子献齐桓公的故事（此戏二十世纪八十年代曾在上海演出），也不知那些天才审核员是怎样想的，他们大概认为这种昏君佞臣的戏少碰为妙，出了事他们准丢官。其实身为编剧，我对讽刺时政毫无兴趣，我想写的只是人性。

　　据说我的另外一出戏《和氏璧》在北京演出时，座中也有人泣下，因为卞和两度献璧、两度被刖足，刚好让观众产生共鸣。其实，天知道，我写戏的时候哪里会想到这许多，我写的是春秋时代的酒杯啊！

五

　　我写杂文，是自己和别人都始料未及的事。躲在笔名背后喜怒笑骂真是十分快乐。有时听友人猜测报上新冒出来的这位可叵是何许人也，不免十分得意。

龙应台的《野火集》在二十世纪八十年代的台湾的确有燎原功能，不过在《野火集》之前，我以桑科和可叵为笔名，用插科打诨的方式对威权进行挑战，算是一种闷烧吧！

六

我的职业是教书，我不打算以写作为职，想象中如果为了疗饥而去煮字真是凄惨。

我教两所学校，阳明大学和东吴大学。前者是所医科大学，后者是我的母校。我在阳明属于"通识教育中心"，在东吴属于中文系。

我的另一项职业是家庭主妇，生儿育女占掉我生命中最精华的岁月。如今他们一个在美国西岸加利福尼亚州理工学院读化学，一个在美国东岸纽约大学攻文学，我则是每周末从长途电话中坐听"美国西岸与东岸汇报"的骄傲母亲。（这篇文章是十几年前写的，现况是，他们皆已得到学位回台就业了。）

我的丈夫叫林治平，湖南人，是我东吴大学的同学。他后来考入政大外交研究所，他的同学因职务关系分布在全球，但他还是选择了在中原大学教书，并且义务性地办了一份杂志。杂志迄今持续了四十多年，也难为他了。

七

最近很流行一个名词叫"生涯规划"，我并不觉得有什么太大的道理，无非每隔几年换个名词唬人罢了！人生的事，其实只能走着瞧，像以下几件事，就完全不在我的规划掌控中：

1. 我生在二十世纪中叶；

2. 我生为女子；

3. 我生为黄肤黑发的中国人；

4. 我因命运安排在台湾长大。

至于未来，我想也一样充满变数，我对命运采取不抵抗主义，反正，它也不曾对我太坏。我不知道，我将来会写什么，一切随缘吧！如果万一我知道我要写什么呢？知道了也不告诉你，哪儿有酿酒之人在酒酿好之前就频频掀盖子示人的道理？

我唯一知道的是，我会跨步而行，或直奔，或趱趱，或彳亍，或一步一踬，或小伫观望，但至终，我还是会一步一个脚印地往前走去。

谁在地毯的那一端

在 无 风 的 静 夜 里

爱—恨

小说课上，正讲着小说，我停下来发问："爱的反面是什么？"

"恨！"

大约因为对答案很有把握，他们回答得很快而且大声，神情明亮愉悦，此刻如果教室外面走过一个不懂中国话的老外，随他猜一百次也猜不出他们唱歌般快乐的声音竟在说一个"恨"字。

我环顾教室，心里浩叹，只因为年轻啊，只因为太年轻啊。我放下书，说："这样说吧，譬如说你现在正谈恋爱，然后呢？就分手了。过了五十年，你七十岁了，有一天，黄昏散步，冤家路窄，你们又碰到一起了，这时候，对方定定地看着你，说：'×××，我恨你！'

"如果情节是这样的，那么，你应该庆幸，居然被别人痛恨了半个世纪。恨也是一种很容易疲倦的情感，要有人恨你五十年也不简单，怕就怕在当时你走过去说：'×××，还认得我吗？'对方愣愣地望着你说：'啊，有点面熟，你贵姓？'"

全班学生都笑起来，大概想象中那场面太滑稽、太尴尬吧？

"所以说，爱的反面不是恨，是漠然。"

笑罢的学生能听得进结论吗？——只因太年轻啊，爱和恨是那么容易说得清楚的一个字吗？

受创

来采访的学生在客厅沙发上坐成一排，其中一个发问："读你的作品，发现你的情感很细致，并且总是在关怀，但是关怀就容易受伤，对不对？那怎么办呢？"

我看了她一眼，多年轻的额，多年轻的颊啊！有些问题，如果要问，就该去问岁月，问我，我能回答什么呢？但她的明眸定定地望着我，我忽然笑了起来，用几乎有点促狭的口气说："受伤，这种事是有的——但是你要保持一个完完整整不受伤的自己做什么用呢？你非要把你自己保卫得好好的不可吗？"

她惊讶地望着我，一时也答不上话。

人生世上，一颗心从擦伤、灼伤、冻伤、撞伤、压伤、扭伤，乃至内伤，哪儿能一点伤害都不受呢？如果关怀和爱就必须包括受伤，那么就不要完整，只要撕裂。基督不同于世人的，岂不正在那双钉痕宛在的受伤手掌吗？

小女孩啊，只因年轻，只因一身光灿晶润的肌肤太完整，你就舍不得碰撞，就害怕受创吗？！

经济学的旁听生

"什么是经济学呢？"他站在台上，戴眼镜，灰西装，声音平静，典型的中年学者。

台下坐的是大学一年级的学生，而我，是置身这二百人大教室里偷偷旁听的一个。

从一开学我就昂奋起来，因为在课表上看见要开一门"社会科学概论"的课程，包括四位教授来开设"政治""法律""经济""人类学"四个讲座。想到可以重新做学生，去听一门门对我而言崭新的课，那份喜悦真是掩不住、藏不严，一个人坐在研究室里都忍不住要轻轻地笑起来。

"经济学就是把'有限的资源'做'最适当的安排'，以得到'最好的效果'。"

台下的学生沙沙地抄着笔记。

"经济学为什么发生呢？因为资源'稀少'，不但物质'稀少'，时间也'稀少'。而'稀少'又是为什么？因为，相对于'欲望'，一切就都显得'稀少'了……"

原来是想在四门课里跳过经济学不听的，因为觉得讨论物质的东西大概无甚可观，没想到一走进教室来，竟听到这一番解释。

"你以为什么是经济学呢？一个学生要考试，时间不够了，书该怎么念，这就叫经济学啊！"

我愣在那里，反复想着他那句"为什么有经济学？因为稀少；为什么稀少？因为欲望"，麻颤惊动，如同山间顽崖愚壁偶闻大师说法，不免震动到石骨土髓咯咯作响的程度。原来整个生命也可作为经济学来看，生命也是如此短小稀少啊！而人的不幸却在于那颗永远渴切不止的，有所索求、有所跃动、有所未足的心。为什么是这样的呢？为什么竟是这样的呢？我痴坐着，任泪下如麻，不敢去动它，不敢让身旁年轻的助教看到，不敢让大一年轻的孩子看到。奇怪，为什么他们都不流泪呢？只因为年轻吗？因年轻就看不出生命如果像戏，也只能像一场短短的独幕剧吗？"朝如青丝暮成雪"，乍起乍落的一朝一暮间，又何尝真有少年与壮年之分？"急罚盏，夜阑灯灭"，匆匆如赴一场喧哗夜宴的人生，又岂有早到晚到、早走晚走的分别？然而他们不悲伤，他们在低头记笔记。听经济学听到哭起来，这话如果是别人讲给我听的，我大概会大笑，笑人家的滥情，可是……

"所以，"经济学教授又说话了，"有位文学家卡莱亚这样形容：经济学是门'忧郁的科学'……"

我疑惑起来，这教授到底是因有心而前来说法的长者，还是以无心来度脱的异人？至于满堂的学生正襟危坐，是因岁月尚早，早如揭衣初涉水的浅溪，所以才凝然无动吗？为什么五月山栀子的香馥里，独独旁听经济学的我为这被一语道破的短促而多欲的一生而又惊又痛，泪如雨下呢？

如果作者是花

"年年岁岁花相似，岁岁年年人不同。"

诗选的课上，我把句子写在黑板上，问学生："这句子写得好不好？"

"好！"

他们的声音听起来像真心的，大概在"强说愁"的年龄，很容易被这样工整、俏皮而又怅惘的句子所感动吧？"这是诗句，写得比较文雅。其实有一首新疆民谣，意思跟它差不多，却比较通俗，你们知道那歌词是怎么说的？"他们反应灵敏，立刻争先恐后地叫出来：

太阳下山明早依旧爬上来

花儿谢了明年还是一样地开

美丽小鸟一去无影踪

我的青春小鸟一样不回来

我的青春小鸟一样不回来

那些性格活泼的干脆就唱起来了。

"这两种句子从感性上来说，都是好句子，但从逻辑上来看，却有不合理的地方——当然，文学表现不一定要合逻辑，但我还是希望你们看得出来问题在哪里。"

他们面面相觑，又认真地反复念诵句子，却没有一个人答得上来。我等着他们，等满堂红润而聪明的脸，却终于放弃了，只因太年轻啊，有些悲凉是不容易觉察到的。

"你们知道为什么说'花相似'吗？是因为陌生，因为我们不懂花。正好像一百年前，我们中国很少看到外国人，所以在我们看起来，他们全是一个样子。而现在呢，我们看多了，才知道洋人和洋人大有差别，就算都是美国人，有的人也有本领一眼看出住在纽约、旧金山和住在南方小城的不同。我们看去年的花和今年的花一样，是因为我们不是花，不曾去认识花、体察花。如果我们不是人，是花，我们会说：'看啊，校园里每年都有全新的新鲜人的面孔，可是我们花却一年老似一年。'

"同样，新疆歌谣里的小鸟虽一去不回，太阳和花其实也是一去不回的。太阳有知，太阳也要说：'我们今天早晨升起来的时候，已经比昨天疲软、苍老了，奇怪，人类却一代一代永远有年轻的面孔……'

"我们是人，所以感觉到人事的沧桑变化，其实，人世间何物没有生老病死？只因我们是人，说起话来就只能看到人的痛。你们猜，那句诗的作者如果是花，花会怎么写呢？"

"年年岁岁人相似，岁岁年年花不同。"他们齐声回答。

他们其实并不笨，不，他们甚至可以说很聪明，可是，刚才他们为什么完全不懂呢？只因为年轻，只因为对宇宙间生命共有的枯荣代谢的悲伤有所不知啊！

高倍数显微镜

他是一个生物系的老教授，外国人。我认识他的时候，他已经退休了。

"小时候，父亲是医生，他看病，我就站在他旁边。他说：'孩子，你过来，这是哪一块骨头？'我就立刻能说出名字来……"

我喜欢听老年人说自己幼小时候的事，人到老年还不能忘的记忆，大约有点像太湖底下捞起的石头，是洗净尘泥后的硬瘦剔透，上面附着一生岁月所冲积洗刷出的浪痕。

这人大概注定要当生物学家的。

"少年时候，喜欢看显微镜，因为那里面有一片神奇隐秘的世界，但是看到最细微的地方就看不清楚了，心里不免想：赶快做出高倍数的新式显微镜吧，让我看得更清楚，让我对细枝末节了解得更透彻，这样，我就会对生命的原质明白得更多，我的疑难就会消失……"

"后来呢？"

"后来，果然显微镜愈做愈好，我们能看清楚的东西，愈来愈多，可是……"

"可是什么？"

"可是我并没有成为我自己所预期的更明白生命真相的人，糟糕的是比以前更不明白了，以前的显微镜倍数不够，有些东西根本没发现，所以不知道那里隐藏了另一段秘密。但现在，我看得愈细，知道得愈多，愈不明白了，原来在奥秘的后面还连着另一串奥秘……"

我看着他清癯渐消的颊和明亮的眼睛，知道他是终于"认了"，半世纪以前，那意气风发的少年以为只要一架高倍数的显微镜，生命的秘密便迎刃可解，什么使他敢生出那番狂想呢？只因为年轻吧？而退休后，在校园的行道树下看花开花谢的他终于低眉而笑，以近乎撒赖的口气说："没有办法啊，高倍数的显微镜也没有办法啊，在你想尽办法以为可以看到更多东西的时候，生命总还留下一段奥秘，是你想不通、猜不透的……"

浪掷

开学的时候，我要他们把自己形容一下，因为我是他们的导师，想多知道他们一点。

大一的孩子，新从成功岭下来，从某一点上看来，也只像高四罢了，他们倒是很合作，一个一个把自己尽其所能地描述了一番。

等他们说完了，我忽然觉得惊讶，不可置信，他们中间照我来看分成两类，有一类说"我从前爱玩，不太用功，从现在起，我想要好好读点书"，另一类说"我从前就只知道读书，从现在起，我要好好参加些社团，或者去郊游"。

奇怪的是，两者都有轻微的追悔和遗憾。

我于是想起一段三十多年前的旧事，那时流行一首电影插曲（《月儿弯弯照九州》），阿姨舅舅都热心播唱，我虽小，听到"月儿弯弯照九州"觉得是可以同意的，却对其中另一句大为疑惑。

"舅舅，为什么要唱'小妹妹青春水里丢'呢？"

"因为她是渔家女嘛，渔家女打鱼不能去上学，当然就浪费青春啦！"

我当时只知道自己心里立刻不服气起来，但因年纪太小，不会说理由，不知怎么吵，只好不说话，但心中那股不服倒也可怕，可以埋藏三十多年。

等读中学听到"春色恼人"，又不死心地去问，春天这么好，为什么反而好到令人生恼？别人也答不上来，那讨厌的甚至狎邪的眼光，暗示春天给人的恼和"性"有关。但事情一定不是这样的，一定另有一个道理，那道理我隐约知道，却说不出来。

更大以后，读《浮士德》，那些埋藏许久的问句都汇拢过来，我隐隐知道那里有一番解释了。

年老的浮士德，面对满屋子自己做了一生的学问，在典籍册页的阴影中他乍乍瞥见窗外的四月，歌声传来，是庆祝复活节的喧哗队伍。那一霎间，他懊悔了，他觉得自己的一生都抛掷了，他以为只要再让他年轻一次，一切都会改观。中国元杂剧里老旦上场照例都要说一句"花有重开日，人无再少年"（说得淡然而确定，也不知看戏的人惊不惊动），而浮士德却以灵魂押注，换来第二度的少年，以及因少年才"可能拥有的种种可能"。可怜的浮士德，学究天人，却不知道生命是一样太好的东西，好到你无论选择什么方式度过，都像是一种浪费。

生命有如神话世界里的珍珠，出于沙砾，归于沙砾，晶光莹润的只是中间这一段短短的幻象啊！然而，使我们颠之倒之、甘之苦之的不正是这短短的一段吗？珍珠和生命还有另一个类同之处，那就是你倾家荡产去买一颗珍珠是可以的，反过来，你要拿珍珠换衣换食却是荒谬的，就连镶成珠坠挂在美人胸前也是无奈的，无非使两者合作一场慢动作的人老珠黄罢了。珍珠只是它圆灿含彩的自己，你只能束手无策地看着它，你只能欢喜或喟然——因为你及时赶上了它出于沙砾且必然还原为沙砾之间的这一段灿然。

而浮士德不知道——或者执意不知道，他要的是另一次"可能"，像一个不知是由于技术不好还是运气不好的赌徒，总以为只要再让他玩一盘，他准能翻本。三十多年前想跟舅舅辩的一句话我现在终于懂得该怎么说了，打鱼的女子如果算是浪掷青春的话，挑柴的女子岂不也是吗？读书的名义虽好听，而令人眼目为之昏聩，脊骨为之佝偻，还不该算是青春的虚掷吗？此外，一场刻骨的爱情就不算烟云过眼吗？一番功名利禄就不算滚滚尘埃吗？不是啊，青春太好，好到你无论怎么过都觉浪掷，回头一看，都要生悔。

"春色恼人"那句话现在也懂了，世上的事最不怕的应该就是"兵来有将可挡，水来以土能掩"，只要有对策，就不怕对方出招。怕就怕一个人正小心地和现实生活斗阵，打成平手之际，忽然阵外冒出一个叫宇宙大化的对手，它斜里杀出一记叫"春天"的绝招，身为人类的我们真是措手不及。对着排山倒海而来的桃红柳绿，对着蚀骨的花香、夺魂的阳光，生命的豪奢绝艳怎能不令我们张皇失措，当此之际，真是不做什么要懊悔——做了什么也要懊悔。春色之引人气恼跺脚，就是气在我们无招以对啊！

回头来想我导师班上的学生，聪明颖悟，却不免一半为自己的用功后悔，一半为自己的爱玩后悔——只因年轻啊，只因太年轻啊，以为只要换一个方式，一切就扭转过来而无憾了。孩子们，不是啊，真的不是这样的！生命太完美，青春太完美，甚至连一场匆匆的春天都太完美，完美到像喜庆节日里一个孩子手上的气球，飞了会哭，破了会哭，就连一日日空瘪下去也是要令人哀哭的啊！

所以，年轻的孩子，连这么简单的道理你难道也看不出来吗？生命是一个大债主，我们怎么混都是它的积欠户。既然如此，干脆宽下心来，来个"债多不愁"吧！既然青春是一场"无论做什么都觉得是浪掷"的憾意，何不反过来想想，那么，也几乎等于"无论诚恳地做了什么都不必言悔"，因为你或读书或玩，或作战，或打鱼，恰恰好就是另一个人叹气说他遗憾没做成的。

然而，是这样的吗？不是这样的吗？在生命的面前我可以大发职业病，做一个把别人都看作孩子的教师吗？抑或我仍然只是一个太年轻的蒙童，一个不信不服、欲有所辩而又语焉不详的蒙童呢？

他曾经幼小

我们之所以不能去爱大部分的人，是因为我们不曾见过他们幼小的时候。

如果这世上还有人对你说："啊！我记得你小时候，胖胖的，走不稳……"

你是幸福的，因为有人知道你幼小时期的容颜。

任何大豪杰或大枭雄，一旦听人说："那时候你还小，有一天，正拿着一个风筝……"

也不免一时心肠塌软下来，怯怯地回头去望，望着来路上多年前那个痴小的孩子，那孩子两眼晶晶，正天不怕地不怕地嬉笑而来，吆呼而去。

我总是尽量从成年人的言谈里去捕捉他幼小时期的形象，原来那样垂老无趣、口涎垂胸的人竟也一度是为人爱宠、为人疼惜的幼小者。

如果我曾经爱过一些人，我也总是竭力去想象去拼凑那人的幼年，或在烧红半天的北方战火中，或在江南三月的桃红下，或在台湾南部小小的客家聚落，或在云南荒山的逼仄小径，我看见那人开宗明义的含苞期。

是的，如果凡人如我也算是爱过众生中的一些成年人，那是因为他们曾经幼小，曾经是某一个慈怀中生死难舍的命根。

至于反过来，如果你问我为何爱广场上素昧平生的嬉戏孩童，我会告诉你，因为我爱那孩童前面隐隐的风霜，爱他站在生命沙滩的浅处，正揭衣欲渡的喧嚷热闹，以及闪烁在他眉睫间的一个呼之欲出的成年。

一个女人的爱情观

忽然发现自己的爱情观很土气，忍不住笑了起来。

对我而言，爱一个人就是满心满意要跟他一起"过日子"，天地鸿蒙荒凉，我们不能妄想把自己扩充为六合八方的空间，只希望以彼此的火烬把属于两人的一世时间填满。

客居岁月，暮色里归来，看见有人当街亲热，竟也视若无睹，但每看到一对人手牵手提着一把青菜、一条鱼从菜场走出来，一颗心就忍不住恻恻地痛了起来，一蔬一饭里的天长地久原是如此味永难言啊！相拥的那一对也许今晚就分手，但一鼎一镬里却有其朝朝暮暮的恩情啊！

爱一个人原来就只是在冰箱里为他留一个苹果，并且等他归来。

爱一个人就是在寒冷的夜里不断在他的杯子里斟上刚沸的热水。

爱一个人就是喜欢两人一起收尽桌上的残肴，并且听他在水槽里刷碗的音乐——事后再偷偷把他不曾洗干净的地方重洗一遍。

爱一个人就有权利霸道地说："不要穿那件衣服，难看死了，穿这件，这是我新给你买的。"

爱一个人就是一本正经地催他去工作，却忍不住躲在他身后想捣几次小小的蛋。

爱一个人就是在拨通电话时忽然不知道要说什么，才知道原来只是想听听那熟悉的声音。原来真正想拨通的，只是自己心底的一根弦。

爱一个人就是把他的信藏在皮包里，一日拿出来看几回、哭几回、痴想几回。爱一个人就是在他迟归时想上一千种坏的可能，在想象中经历万般劫难，发誓等他回来要好好罚他，一旦见面却什么都忘了。

爱一个人就是在众人暗骂"讨厌！谁在咳嗽！"时，你却急道："唉，唉，他这人就是记性坏啊，我该买一瓶川贝枇杷膏放在他的背包里的！"

爱一个人就是上一刻钟想把美丽的恋情像冬季的松鼠秘藏坚果一般，将之一一放在最隐秘、最安妥的树洞里，下一刻钟又想告诉全世界这骄傲自豪的消息。

爱一个人就是在他的头衔、地位、学历、经历、善行、劣迹之外，看出真正的他不过是个孩子——好孩子或坏孩子——所以疼了他。

也因此，爱一个人就喜欢听他儿时的故事，喜欢听他有几次大难不死，听他如何淘气惹人厌，怎样善于玩弹珠或"打水漂儿"，爱一个人就是忍不住替他记住了许多往事。

爱一个人就不免希望自己更美丽，希望自己被记得，希望自己的容颜体貌在极盛时于对方如霞光过目，永不相忘，即使在繁花谢树的残冬，也有一个人沉如历史典册的瞳仁可以见证你的华彩。

爱一个人总会不厌其烦地问些或回答些傻问题，例如："如果我老了，你还爱我吗？""爱！""我的牙都掉光了呢？""我吻你的牙床！"

爱一个人便忍不住迷上那首《白发吟》：

　　　　亲爱我已渐年老
　　　　白发如霜银光耀
　　　　…………
　　　　唯你永是我的爱人
　　　　永远美丽又温存
　　　　…………

爱一个人常是一串奇怪的矛盾，你会依他如父，又怜他如子；尊他如兄，又宠他如弟；想师事他，跟他学，又想教导他，把他俘虏成自己的徒弟；亲他如友，又气他如仇；希望成为他的女皇，他唯一的女主人，又甘心做他的小丫鬟、小女奴。

爱一个人会使人变得俗气，你不断地想：晚餐该吃牛舌好呢，还是猪舌？蔬菜该买大白菜呢，还是小白菜？房子该买在三张犁呢，还是六张犁？而终于在这世俗里，你了解了众生，你参与了自古以来匹夫匹妇的微不足道的喜悦与悲辛，然后你发觉这世上有超乎雅俗之上的情境，正如日光超越调色盘上的色样。

爱一个人就是喜欢和他拥有现在，又追忆着和他在一起的过去。喜欢听他说，那一年他怎样偷偷喜欢你，远远地凝望着你。爱一个人又总期望着未来，想到地老天荒的他年。

爱一个人便是小别时带走他的吻痕，如同一幅画，带着鉴赏者的朱印。

爱一个人就是横下心来，把自己小小的赌本跟他的合起来，向生命的大轮盘去下一番赌注。

爱一个人就是让那人的名字在临终之际成为你双唇间最后的音乐。

爱一个人，就不免生出共同的、霸占的欲望。想认识他的朋友，想了解他的事业，想知道他的梦。希望共有一张餐桌，愿意同用一双筷子，喜欢轮饮一杯茶，合穿一件衣，并且同衾共枕，奔赴一个命运，共寝一个墓穴。

前两天，整理房间，理出一个提袋，上面赫然写着"××孕妇服装中心"，我愕然许久，既然这房子只我一人住，这个手提袋当然是我的了，可是，我何曾跑到孕妇店去买过衣服？于是不甘心地坐下来想，想了许久，终于想出来了。我那天曾去买一件斗篷式的土褐色短褛，便是用这个绿色袋子提回来的，我的确闯到孕妇店去买衣服了。细想起来，那家店的模特似乎都穿着孕妇装，我好像正是被那种美丽、沉甸甸的繁殖喜悦所吸引而走进去的。这样说来，原来我买的那件宽松适意的斗篷式短褛竟真是给孕妇设计的。

这里面有什么心理分析吗？是不是我一直追忆着怀孕时强烈的酸苦和欣喜而情不自禁地又去买了一件那样的衣服呢？想起多年前冬夜独起，灯下乳儿的寒冷和温暖便一下子涌回心头，小儿吮乳的时候，你多么希望自己的生命就此为他竭泽啊！

对我而言，爱一个人，就不免想跟他生一窝孩子。

当然，这世上也有人无法生育，那么，就让共同培育的学生，共同经营的事业，共同爱过的子侄晚辈，共同谱成的生活之歌，共同写完的生命之书来做他们的孩子。

也许还有更多更多可以说的，正如此刻，爱情对我的意义是终夜守在一盏灯旁，听车声退潮复涨潮，看淡紫的天光愈来愈明亮，凝视两人共同凝视过的长窗外的水波，在矛盾的凄凉和欢喜里，在知足感恩和渴切不足里细细体会一条河的韵律，并且写一篇叫《一个女人的爱情观》的文章。

两岸

我们总是聚少离多，如两岸。

如两岸——只因我们之间恒流着一条莽莽苍苍的河。我们太爱那条河，太爱太爱，以至竟然把自己站成了岸。

站成了岸，我爱，没有人勉强我们，我们自己把自己站成了岸。

春天的时候，我爱，杨柳将此岸绿遍，漂亮的绿绦子潜身于同色调的绿波里，缓缓地向彼岸游去。河中有萍，河中有藻，河中有云影天光，仍是《国风·关雎》篇的河啊，而我，一径向你泅去。

我向你泅去，我正遇见你，向我泅来——以同样柔和的柳条。我们在河心相遇，我们的千丝万绪秘密地牵起手来，在河底。

只因为这世上有河，因此就必须有两岸及两岸的绿杨堤。我不知我们为什么只因坚持要一条河，而竟把自己矗立成两岸，岁岁年年相向而绿，任地老天荒，我们合力撑住一条河，死命地呵护那千里烟波。

两岸总是有相同的风，相同的雨，相同的水位。酢浆草匀分给两岸相等的红，鸟翼点给两岸同样的白，而秋来蒹葭露冷，给我们以相似的苍凉。

蓦然发现，原来我们同属一片大地。

纵然被河道凿开，对峙，却不曾分离。

年年春来时，在温柔得令人心疼的三月，我们忍不住伸出手臂，在河底秘密地挽起。

定义及命运

年轻的时候，怎么会那么傻呢？

对"人"的定义，对"爱"的定义，对"生活"的定义，对莫名其妙的刚听到的一个"哲学名词"的定义……

那时候，老是郑重其事地把左掌右掌看了又看，或者，从一条曲曲折折的感情线，估计着感情的河道是否决堤。有时，又正经地把一张脸交给一个人，从鼻山眼水中，去窥探一生的风光。

奇怪，年轻的时候，怎么什么都想知道？定义，以及命运。年轻的时候，怎么就没有想到，人原来也可以有权不知不识而大剌剌地活下去。

忽然有一天，我们就长大了，因为爱。

去知道明天的风雨已经不重要了，执手处，张发可以为风帜，高歌时，何妨倾山雨入盏，风雨于是不重要了，重要的是找一方共同承风挡雨的肩。

忽然有一天，我们把所背的定义全忘了，我们遗失了登山指南，我们甚至忘了自己，忘了那一切，只因我们已登山，并且结庐于一弯溪谷。千泉引来千月，万窍邀来万风，无边的庄严中，我们也自庄严起来。

而长年携手，我们已彼此把掌纹叠印在对方的掌纹上，我们的眉因为同蹙同展而衔接为同一个名字的山脉，我们的眼因为相同的视线而映出连波一片，怎样的看相者才能看明白这样的两双手的天机，怎样的预言家才能说清楚这样的两张脸的命运？

蔷薇几曾有定义，白云何所谓其命运，谁又见过为劈头迎来的巨石而焦灼的流水？

怎么会那么傻呢，年轻的时候？

从俗

当我们相爱——在开头的时候——我们觉得自己清雅飞逸，仿佛有一个新我，自旧我中飘然游离而出。

当我们相爱时，我们从每一寸皮肤、每一缕思维伸出触角，要去探索这个世界，拥抱这个世界，我们开始相信自己的不凡。

相爱的人未必要朝朝暮暮相守在一起——在小说里都是这样说的，小说里的男人和女人一眨眼便已暮年，而他们始终没有生活在一起，他们留给我们的是凄美的回忆。

但我们是活生生的人，我们不是小说，我们要朝朝暮暮，我们要活在同一个时间，我们要活在同一个空间，我们要相依相守，相牵相挂，于是我们放弃飞腾，回到人间，和一切庸俗的人一同庸俗。

如果相爱的结果是使我们平凡，让我们平凡。

如果爱情的历程是让我们由纵横行空的天马变为忍辱负重、行向一路崎岖的马，让我们接受。

如果爱情的轨迹总是把云霄之上的金童玉女贬为人间烟火中的匹夫匹妇，让我们甘心。

我们只有这一生，这是我们唯一的筹码，我们要合在一起下注。

我们只有这一生，这是我们唯一的戏码，我们要同台演出。

于是，我们要了婚姻。

于是，我们经营起一个巢，栖守其间。

有厨房，有餐厅，那里有我们一饮一啄的牵情。

有客厅，那里有我们共同的朋友，以及他们的高谈阔论。

有兼为书房的卧房，各人的书站在各人的书架里，但书架相衔，蠹立成壁，连我们那些完全不同类的书也在声气相求。

有孩子的房间，夜夜等着我们去为一双娇儿痴女念故事，并且盖他们老是踢掉的棉被。

至于我们曾订下的山之盟呢？我们所渴望的水之约呢？让它们等一等，我们总有一天会去的，但现在，我们已选择了从俗。

贴向生活，贴向平凡，山林可以是公寓，电铃可以是诗，让我们且来从俗。

德：

从疾风中走回来，觉得自己像是飘浮起来了。山上的草香得那样浓，让我想到，要不是有这样猛烈的风，恐怕空气都会给香得凝冻起来！

我昂首而行，黑暗中没有人能看见我的笑容。白色的芦荻在夜色中点染着凉意——深秋了，我们的日子在不知不觉中临近了。我遂觉得，我的心像一张新帆，每一个角落都被大风吹得那样饱满。

星斗清而亮，每一颗都低低地俯下头来。溪水流着，把灯影和星光都流乱了。我忽然感到一种幸福，那种混沌而又陶然的幸福。我从来没有这样亲切地感受到造物的宠爱——真的，我们这样平庸，我总觉得幸福应该给予比我们更好的人。

但这是真实的，第一张贺卡已经放在我的案上了。撒满了细碎精致的透明亮片，灯光下展示着一个闪烁而又真实的梦境。画上的金钟摇荡，遥遥地传来美丽的回响。我仿佛能听见那悠扬的音韵，我仿佛能嗅到那沁人的玫瑰花香！而尤其让我神往的，是那几行可爱的祝词："愿婚礼的记忆存至永远，愿你们的情爱与日俱增。"

是的，德，永远在增进，永远在更新，永远没有边和底——六年了，我们护守着这份情谊，使它依然焕发，依然鲜洁，正如别人所说的，我们是何等幸运。每次回顾我们的交往，我就仿佛走进博物馆的长廊。其间每一处景物都意味着一段美丽的回忆，每一件东西都牵扯着一个动人的故事。

那样久远的事了。刚认识你的那年才十七岁，一个多么容易犯错误的年纪！但是，我知道，我没有错。我生命中再没有一个决定比这个更正确了。前天，大伙儿一块吃饭，你笑着说："我这个笨人，我这辈子只做了一件聪明的事。"你没有再说下去，妹妹却拍起手来，说："我知道了！"啊，德，我能够快乐地说，我也知道。因为你做的那件聪明事，我也做了。

那时候，大学生活刚刚展开在我面前。台北的寒风让我每日思念南部的家。在那小小的阁楼里，我呵着手写蜡纸。在草木摇落的道路上，我独自骑车去上学。生活是那样暗淡，心情是那样沉重。

在我的日记里有这样一句话："我担心，我会冻死在这小楼上。"而这时候，你来了，你那种毫无企冀的友谊四面环护着我，让我的心触及最温柔的阳光。

我没有兄长，从小我也没有和男孩子做过同学。但和你交往却是那样自然，和你谈话又是那样舒服。有时候，我想，如果我是男孩子多么好啊！我们可以一起去爬山，去泛舟。让小船在湖里任意漂荡，任意停泊，没有人会感到惊奇。好几年以后，我将这些想法告诉你，你微笑地注视着我："那，我可不愿意，如果你真想做男孩子，我就做女孩。"而今，德，我没有变成男孩子，但我们可以去遨游，去做山和湖的梦，因为，我们将有更亲密的关系了。啊，想象中终身相爱相随该是多么美好！

那时候，我们穿着学校规定的卡其服。我新烫的头发又总是被风刮得乱蓬蓬的。想起来，我总不明白你为什么那样喜欢接近我。那年大考的时候，我蜷曲在沙发里念书。你跑来，热心地为我讲解英文文法。好心的房东为我们送来一盘春卷，我慌乱极了，竟吃得撒了一裙子。你瞅着我说："你真像我妹妹，她和你一样大。"我窘得不知如何是好，只是一径低着头，假作抖那长长的裙幅。

那些日子真是冷极了。每逢没有课的下午，我总是留在小楼上，弹弹风琴，把一本拜尔琴谱弄得都快翻烂了。有一天你对我说："我常在楼下听你弹琴。你好像常弹那首《甜蜜的家庭》。怎样？在想家吗？"我很感激你的窃听，唯有你了解、关切我凄楚的心情。德，那个时候，当你独自听着的时候，你想些什么呢？你想到有一天我们会组织一个家庭吗？你想到我们要用一生的时间以心灵的手指合奏这首歌吗？

寒假过后，你把那摞《泰戈尔诗集》还给我。你指着其中一行请我看："如果你不能爱我，爱人，请原谅我的痛苦！"于是我知道发生什么事了。我不希望这件事发生，我真的不希望。并非由于我厌恶你，而是因为我太珍重这份素净的友谊，反倒不希望有爱情去加深它的色彩。

但我却乐于和你继续交往。你总是给我一种安全稳妥的感觉。从头起，我就付给你我全部的信任，只是，当时我心中总向往着那种传奇式的、惊心动魄的恋爱，并且喜欢那么一点点的悲剧气氛。为着这些可笑的理由，我耽延着没接受你的奉献。我奇怪你为什么仍做那样固执的等待。

你那些小小的关怀常令我感动。那年圣诞节，你把得来不易的几颗巧克力糖，全部拿来给我了。我爱吃笋豆里的笋子，唯有你注意到，并且耐心地为我挑出来。我常常不晓得照料自己，唯有你想到用自己的外衣披在我身上。（我至今不能忘记那衣服的温暖，它在我心中象征着许多意义。）是你，敦促我读书。是你，容忍我偶发的气性。是你，仔细纠正我写作的错误。是你，教导我为人的道理。

如果说，我像你的妹妹，那是你太像我大哥的缘故。

后来，我们一起得到学校的工读金，分配给我们的是打扫教室的工作。每次你总强迫我放下扫帚，我便只好遥遥地站在教室的末端，看你奋力工作。在炎热的夏季里，你的汗水滴落在地上。我无言地站着，等你扫好了，我就去擦擦桌椅，并且帮你把它们排齐。每次，当我们目光偶然相遇的时候，总感到那样兴奋。我们是这样彼此了解，我们合作的时候总是那样完美。我注意到你手上的硬茧，它们把那虚幻的字眼十分具体地说明了。我们就在那飞扬的尘影中完成了大学课程——我们的经济从来没有富裕过，我们的日子却从来没有贫乏过。我们活在梦里，活在诗里，活在无穷无尽的彩色希望里。记得有一次，我提到玛格丽特公主在她婚礼上说的一句话："世界上从来没有两个人像我们这样快乐过。"你毫不在意地说："那是他们不认识我们的缘故。"我喜欢你的自豪，因为我也如此自豪着。

我们终于毕业了，你在掌声中走到台上，代表全系领取毕业证书。我的掌声也夹在众人之中，但我知道你听到了。在那美好的六月清晨，我的眼中噙着欣喜的泪，我感到那样骄傲，我第一次分沾你的成功、你的光荣。

"我在台上偷眼看你，"你把系着彩带的文凭交给我，"要不是中国风俗如此，我一走下台来就要把它送到你面前去的。"

我接过它，心里垂着沉甸甸的喜悦。你站在我面前，高昂而谦和、刚毅而温柔，我忽然发现，我关心你的成功，远远超过我自己的。

　　那一年，你在军中。在那样忙碌的生活中，在那样辛苦的演习里，你却那样努力地准备研究所的考试。我知道，你是为谁而做的。在凄长的分别岁月里，我开始了解，存在于我们之间的是怎样一种感情。你来看我，把南部的冬阳全带来了。那厚呢的陆战队军服重新唤起我童年时期对于号角和战马的梦。我一直没有告诉你，当时你临别敬礼的镜头烙在我心上有多深。

　　我帮着你搜集资料，把抄来的范文一篇篇断句、注释。我那样竭力地做，怀着无上的骄傲。这件事对我而言有太大的意义。这是第一次，我和你共赴一件事，所以当你把录取通知转寄给我的时候，我竟忍不住哭了。德，没有人经历过我们的奋斗，没有人像我们这样相期相勉，没有人多年来在冬夜图书馆的寒灯下彼此伴读。因此，也就没有人了解成功带给我们的兴奋。

　　我们又可以见面了，能见到真真实实的你是多么幸福。我们又可以去做长长的散步，又可以蹲在旧书摊上享受一个闲散黄昏。我永不能忘记那次去泛舟，回程的时候，忽然起了大风。小船在湖里直打转，你奋力摇橹，累得一身都汗湿了。

　　"我们的道路也许就是这样吧！"我望着平静而险恶的湖面说，"也许我使你的负担更重了。"

"我不在意，我高兴去搏斗！"你说得那样急切，使我不敢正视你的目光，"只要你肯在我的船上，晓风，你是我最甜蜜的负荷。"

那天我们的船顺利地拢岸。德，我忘了告诉你，我愿意留在你的船上，我乐于把舵手的位置给你。没有人能给我像你给我的安全感。

只是，人海茫茫，哪里是我们共济的小舟呢？这两年来，为着成家的计划，我们劳累到几乎虐待自己的地步。每次，你快乐的笑容总鼓励着我。

那天晚上，你送我回宿舍，当我们迈上那斜斜的山坡，你忽然驻足说："我在地毯的那一端等你！我等着你，晓风，直到你对我完全满意。"

我抬起头来，长长的道路伸延着，如同圣坛前柔软的红毯。我迟疑了一下，便踏向前去。

现在回想起来，已不记得当时是否是个月夜了，只觉得你诚挚的言辞闪烁着，在我心中亮起一天星月的清辉。

"就快了！"那以后你常乐观地对我说，"我们马上就可以有一个小小的家。你是那屋子的主人，你喜欢吧？"

我喜欢的，德，我喜欢一间小小的陋屋。到天黑时分我便去拉上长长的落地窗帘，点亮柔和的灯光，一同享受简单的晚餐。但是，哪里是我们的家呢？哪儿是我们自己的它院呢？

你借来一辆半旧的脚踏车，四处去打听出租的房子，每次你疲惫不堪地回来，我就感到一种痛楚。

"没有合意的，"你失望地说，"而且太贵，明天我再去看。"

我没有想到有那么多困难，我从不知道成家有那么多琐碎的事，但最终我们总算找到一栋小小的屋子了。有着窄窄的前庭，以及矮矮的榕树。朋友笑它小得像个巢，但我已经十分满意了。无论如何，我们有了可以憩息的地方。当你把钥匙交给我的时候，那重量使我的手臂几乎为之下沉。它让我想起一首可爱的英文诗："我是一个持家者吗？哦，是的，但不止，我还得持护着一颗心。"我知道，你交给我的钥匙也不止此数。你心灵中的每一个空间我都持有一把钥匙，我都有权径行出入。

亚寄来一卷录音带，隔着半个地球，他的祝福依然厚厚地围绕着我。那样多好心的朋友来帮我们整理。擦窗子的、补纸门的、扫地的、挂画的、插花瓶的，熙熙攘攘地挤满了一屋子。我老觉得我们的小屋快要炸了，快要被澎湃的爱情和友谊撑破了。你觉得吗？他们全都兴奋着，我怎能不兴奋呢？我们将有一个出色的婚礼，一定的。

这些日子我总是累着。去试礼服，去订鲜花，去买首饰，去选窗帘的颜色。我的心像一座喷泉，在阳光下涌溢着七彩的水珠。各种奇特复杂的情绪使我眩晕。有时候我也分不清自己是在快乐还是在茫然，是在忧愁还是在兴奋。我眷恋着旧日的生活，它是那样可爱。我将不再住在宿舍里，享受阳台上的落日。我将不再偎在母亲的身旁，听她长夜话家常。而前面的日子又是怎样的呢？德，我忽然觉得自己好像要被送到另一个境域去了。那里的道路是我未走过的，那里的生活是我过不惯的，我怎能不惴惴然呢？如果说有什么可以安慰我的，那就是：我知道你必定和我一同前去。

冬天就来了，我们的婚礼在即。我喜欢这季节，好和你厮守一个长长的严冬。我们屋角里不是放着一个小火炉吗？当寒流来时，我愿其中常闪耀着炭火的红火。我喜欢我们的日子从暗淡凛冽的季节开始，这样，明年的春花才对我们具有更美的意义。

我即将走入礼堂，德，当《婚礼进行曲》奏响的时候，父亲将挽着我，送我走到坛前，我的步履将凌过如梦如幻的花香。那时，你将以怎样的微笑迎接我呢？

我们已有过长长的等待，现在只剩下最后的一段了。等待是美的，正如奋斗是美的一样。而今，铺满花瓣的红毯伸向两端，美丽的希冀盘旋飞舞。我将去即你，和你同去采撷无穷的幸福。当金钟轻摇，蜡炬燃起，我乐于走过众人去立下永恒的誓愿。因为，哦，德，因为我知道，是谁，在地毯的那一端等我。

遇

遇者，不期而会之也。

——《论语义疏》

一

生命是一场大的遇合。

一个民歌手，在洲渚的丰草间遇见关关和鸣的雎鸠——于是有了诗。

黄帝遇见磁石，蒙恬初识羊毛，立刻有了对物的惊叹和对物的深情。

牛郎遇见织女，留下的是一场恻恻然的爱情，以及年年夏夜，在星空里再版又再版的永不褪色的神话。

夫子遇见泰山，李白遇见黄河，陈子昂遇见幽州台，米开朗琪罗在混沌未凿的大理石中预先遇见了少年大卫，生命的情境从此就不一样了。

就不一样了，我渴望生命里的种种遇合。某本书里有一句话，等我去读、去拍案；田间的野老，等我去了解、去惊识。山风与发，冷泉与舌，流云与眼，松涛与耳，它们等着，在神秘的时间的两端等着，等着相遇的一刹那——一旦相遇，就不一样了，永远不一样了。

我因而渴望遇合，不管是怎样的情节，我一直在等待着种种发生。

人生的栈道上，我是个赶路人，却总是忍不住贪看山色。生命里既有这么多值得驻足的事，相形之下，会不会误了宿头，也就不是那样重要的事了。

二

匆匆告别主人，我们搭夜间飞机前往弗吉尼亚，残雪未消，我手中犹自抱着主人坚持要我们带上飞机的一袋苹果和一袋蛋糕。

华盛顿那场大雪，据说是五十年来最盛的一次。我们赶去上一个电视节目，人累得像一摊泥，却分明知道心里有组钢架，横横直直地把自己硬撑起来。

我快步走着，忽然，听到有人在背后喊了一声音调奇怪的话。

"你好吗？"

我跟丈夫匆匆回头，只见三个东方面孔的年轻男孩微笑地望着我们。

"你们好，你们从哪里来的？"

"我们不会说中文。"脸色特别红润的那一个用英文回答。

"你刚才不是说了吗？"我们也改用英文问他。

"我只会说那一句，别人教我的。"

"你们是 ABC[1]？"

"不是。"

"日本人？"

"不是，你再猜。"

夜间的机场人少，显得特别空阔宽大，风雪是关在外面了，我望着三张无邪的脸，只觉一阵暖意。

"泰国人？"

"不是。"

"菲律宾人？"

"不是。"

愈猜不到，他们孩子般的脸就愈得意。离飞机起飞的时间已经不

---

[1] American Born Chinese，出生在美国的华人。——编者注

多，我不明白自己怎么会站在那里傻傻地跟他们玩猜谜游戏。

"你怎么老猜不到，"他们也被我一阵乱猜弄急了，忍不住大声提醒我，"我们是你的朋友啊！"

"韩国人！"我跟丈夫同时叫了起来。

"对啦！对啦！"他们三个也同时叫了起来。

时间真的不多了，可是，为什么，我们仍站在那里，彼此用破碎的英文继续说着……

"你们入了美国籍吗？你们要在这里住下去吗？"

"不要，不要。"我们说。

"观光？"

"不观光，我们要去弗吉尼亚上电视，告诉他们台湾是个好地方。"

"有一天，我们也要去台湾看看。"

"你们叫什么名字？"

他们把歪歪倒倒的中文名字写在装苹果的纸袋上，三个人里面有两个是兄弟，大家都姓李。我也把我的名字告诉他们。播音器一阵催促，我们握了手，没命地往出口奔去。

那么陌生，那么行色匆匆，那么词不达意，却能那么掏心掏肺、剖肝沥胆。

不是一对华人夫妇在和三个韩国男孩说话，而是万千东方苦难的灵魂与灵魂相遇，使我们相通相接的不是我们说出来的那一番话，而是我们没有说出来的那一番话，所有的受苦民族是血脉相连的兄弟，因为他们曾同哺于咸苦酸痛的民族乳汁。

我已经忘了他们的名字，想必他们也忘了我们的，但我会一直记得那高大空旷的夜间机场里，那一小堆东方人在一个小角落不期然的相遇。

三

菲律宾机场意外地热，虽然，据说七月并不是他们最热的月份。房顶又低得像要压到人的头上来，海关的手续毫无头绪，已经一个钟头过去了。

小女儿吵着要喝水，我心里焦烦得要命，明明没几个旅客，怎么就是搞不完？我牵着她四处走动，走到一个关卡前，我不知道能不能贸然过去，只呆呆地站着。

忽然，有一个皮肤黝黑，身穿镂花白衬衫的男人，提着个《007》的皮包穿过关卡，颈上一串茉莉花环。看他的样子不像是华人。

茉莉花是菲律宾的国花，成串儿臂粗的花环，白盈盈的一大嘟噜，让人分不出来是由于花太白，白出香味来了，还是香太浓，浓得凝结成白色了。而作为一个华人，无论如何，总霸道地觉得茉莉花是中国的，生长在一切前庭后院，插在母亲鬓边，别在外婆衣襟上，唱在儿歌里：

"好一朵美丽的茉莉花……"

我搀着小女儿的手，痴望着那花串，一时也忘了溜出来是干什么的。机场不见了，人不见了，天地间只剩那一大串花，清凉的茉莉花。

"好漂亮的花！"

我不自觉地脱口而出。用的是中文，反正四面都是菲律宾人，没有人会听懂我在喃喃自语些什么。

但是，那戴花环的男人忽然停住脚，回头看我，他显然听懂了。他走到我面前，放下皮包，取下花环，说："送给你吧！"

我愕然，他说中国话，他竟是华人。我正惊诧不知所措的时候，花环已经套到我的颈上来了。

我来不及地道了一声谢，正惊疑间，那人已经走远了。小女儿兴奋地乱叫："妈妈，那个人怎么那么好，他怎么会送你花呀？"

更兴奋的当然是我，由于被一堆光灿晶射的白花围住，我忽然自觉尊贵起来，自觉华美起来。

我飞快地跑回同伴那里去，手续仍然没办好，我急着要告诉别人，愈急愈说不清楚，大家都半信半疑，以为我开玩笑。

"妈妈，那个人怎么那么好，他怎么会送你花呀？"小女儿仍然誓不甘休地问。

我不知道，只知道颈间胸前确实有一片高密度的花丛，那人究竟是感动于乍听到的久违的乡音，还是简单地想"宝剑赠英雄"，把花环送给赏花人？还是在我们母女携手处看到某种曾经熟悉的眼神？我不知道。他已经匆匆走远了，我甚至不记得他的面目，只记得他温和的笑容，以及非常白非常白的白衫。

今年夏天，当我在南部小城母亲的花圃里摘弄成把的茉莉时，我会想起去年我曾偶遇的一个人、一串花，以及魂梦里那圈不凋的芳香。

四

那种树我不知道是黄槐还是铁刀木。

铁刀木的黄花平常老是簇成一团，密不通风，有点窒息，但那种树开的花却松疏有致，成串地垂挂下来，是阳光中薄金的风铃。

那棵树被圈在青苔的石墙里，石墙在青岛西路上。这件事我已经注意很久了。

我真的不能相信在车尘弥天的青岛西路上会有一棵那么古典的树，可是，它又分明在那里，它不合逻辑，但你无奈，因为它是事实。

终于有一年，七月，我决定要犯一点小小的法，我要走进那个不常设防的柴门，我要走到树下去看那交枝错柯、美得逼人的花。一点没有困难，只几步之间，我已来到树下。

不可置信地，不过几步之隔，市声已不能扰我，脚下的草地有如魔毯，一旦踏上，只觉身子腾空而起，霎时间已来到群山清风间。

这一树黄花在这里进行说法究竟有多少个夏天了？冥顽如我，直到此刻直撅撅地站在树下仰天，才觉万道花光如当头棒喝，夹脑而下，直打得满心满腔一片空茫。花的美，可以美到令人恢复无知，恢复无识，美到令人一无依恃，而光裸如赤子。我敬畏地望着那花，哈，好个对手，总算让我遇上了，我服了。

那一树黄花，在那里说法究竟有多少个夏天了？

我把脸贴近树干，忽然，我惊得几乎跳起来，我看到蝉壳了！土色的背上一道裂痕，眼睛部分晶状体凸出来，那样宗教意味的蝉的遗蜕。

蝉壳不是什么稀罕东西，但它是我三十年前孩提时候最爱捡拾的宝物，乍然相逢，几乎觉得是神明意外的恩宠。它轻轻一拨，像拨动一座走得太快的钟，时间于是又回到混沌的子时，三十年的人世沧桑忽焉消失，我再度恢复为一个一无所知的小女孩，沿着清晨的露水，一路去剥下昨夜众蝉新蜕的薄壳。

蝉壳很快就盈握了，我把它们放在地下，再去更高的枝头剥取。

小小的蝉壳里，怎么会容得下那长夏不歇的鸣声呢？那鸣声是渴望？是欲求？是无奈的独白？是我看蝉壳，看得风多露重，岁月忽已晚呢，还是蝉壳看我，看得花落人亡，地老天荒呢？

我继续剥更高的蝉壳，准备带给孩子当不花钱的玩具。地上已经积了一堆，我把它们背上的裂痕贴近耳朵，一一于未成音处听长鸣。

而不知什么时候，有人红着眼睛从甬道走过。奇怪，这是一个什么地方？青苔厚石墙，黄花串珠的树，树下来来往往悲泣的眼睛。

我探头往高窗望去，香烟缭绕而出，一对素烛在正午看来特别暗淡的室内跃起火头。我忽然警悟，有人死了！然后，似乎忽然间，我想起，这里大概就是台大医院的太平间了。

流泪的人进进出出，我呆立在一堆蝉壳旁，一阵当头笼罩的黄花下。忽然觉得分不清这三件事物，死、蝉壳，以及正午阳光下亮得人眼眩的半透明的黄花。真的分不清，蝉是花？花是死？死是蝉？我痴立着，不知自己遇见了什么。

我后来仍然日日经过青岛西路，石墙仍在，我每注视那棵树，总是疑真疑幻。我曾有所遇吗？我一无所遇吗？当树开花时，花在吗？当树不开花时，花不在吗？当蝉鸣时，鸣在吗？当鸣声消歇时，鸣不在吗？我用手指摸索着那粗砺的石墙，一面问着自己，一面并不要求回答。

然后，我越过它走远了。

然后，我知道那种树的名字了，叫阿勃勒，是从梵文译过来的，英文是 golden shower，怎么翻译呢？译成金雨阵吧！

遇
见

一个久晦后的五月清晨，四岁的小女儿忽然尖叫起来："妈妈！妈妈！快点来呀！"

我从床上跳起，直奔她的卧室，她已坐起身来，一语不发地望着我，脸上浮起一层神秘诡异的笑容。

"什么事？"

她不说话。

"到底是什么事？"

她用一只肥匀的有着小肉窝的小手，指着窗外。而窗外什么也没有，除了另一座公寓的灰壁。

"到底什么事？"

她仍然秘而不宣地微笑，然后悄悄地透露一个字："天！"

我顺着她的手望过去，果真看到那片蓝过千古而仍然年轻的蓝天，一尘不染、令人惊呼的蓝天，一个小女孩在生字本上早已认识，却在此刻仍然不觉吓了一跳的蓝天，我也一时愣住了。

于是，我安静地坐在她的旁边，两个人一起看那神迹似的晴空。她平常是一个聒噪的小女孩，那天竟也像被震慑住了似的，流露出虔诚的沉默。透过惊讶和几乎不能置信的喜悦，她遇见了天空。她的眸光自小窗口出发，响亮的天蓝从那一端出发，在那个美丽的五月清晨，它们彼此相遇了。那一刻真是神圣，我握着她的小手，感觉到她不再只是从笔画结构上去认识"天"，她在惊讶赞叹中体认了那份宽阔、那份坦荡、那份深邃——她面对面地遇见了蓝天，她长大了。

那是一个夏天的长得不能再长的下午，在印第安纳州的一个湖边，我起先是不经意地坐着看书，忽然发现湖边有几棵树正在飘散一些白色的纤维，大团大团的，像棉花似的，有些飘到草地上，有些飘入湖水里。我当时没有十分注意，只当是偶然风起所带来的。

可是，渐渐地，我发现情况简直令人暗惊，好几个小时过去了，那些树仍旧浑然不觉地，在飘送那些小型的云朵，倒好像是一座无限的云库似的。整个下午，整个晚上，漫天漫地都是那种东西，第二天情形完全一样，我感到诧异和震撼。

其实，小学的时候就知道有一类种子是靠风力，靠纤维传播的，但也只是知道一条测验题的答案而已。那几天真的看到了，满心所感到的是一种折服，一种无以名之的敬畏，我几乎是第一次遇见生命——虽然是植物的。

我感到那云状的种子在我心底强烈地碰撞上什么东西，我不能不被生命豪华的、奢侈的、不计成本的投资所感动。也许在不分昼夜地飘散之余，只有一颗种子足以成树，但造物者乐于做这样惊心动魄的壮举。

我至今仍然会在沉思之际想起那一片柔媚的湖水，不知湖畔那些种子中有哪一颗成了小树。至少，我知道有一颗已经成长，那颗种子曾遇见了一片土地，在一个过客的心之峡谷里，蔚然成荫，教会她，怎样敬畏生命。

从你美丽的流域

推着车子从闸口出来，才发觉行李有多重，不该逞能，应该叫丈夫来接的。一抬头，熟悉的笑容迎面而来，我一时简直吓一跳，觉得自己是呼风唤雨的魔术家，心念一动，幻梦顿然成真。

"不是说，叫你别来接我吗？"看到人，我又嘴硬了。

"你叫我别来的时候，我心里已经决定要来了，答应你不来，只是为了让你惊喜嘛！"

我没说话，两人一起推着车子走，仿佛举足处可以踏尽天涯。

"孙越说，他想来接你。"

"接什么接，七十分钟的飞机，去演个讲就回来了，要接什么？"

"孙越有事找你，可是，他说，想想我们十天不见了，还是让我们单独见面好，他不要夹在中间。"

我笑起来，看不出孙越还如此细腻呢！

"他找我有什么事？"

"他想发起个献血运动，找你帮忙宣传。"

"他怎么想到我的？"

"他知道你在香港献过血——是我告诉他的。"

孙越——这家伙也真是的，我这小小的秘密，难道也非得公开不可吗？

一九八三年九月，我受聘到香港去教书半年。临行时虽然千头万绪，匆忙间仍跳上台北新公园的献血车，想留下一点别时的礼物，可惜验血结果竟然说血红素不够，原来我还是一个"文弱女子"，跟抽血小姐抗辩了几句，不得要领，只好回家整理行囊扬长而去。

一九八四年二月，合约期满，要离港的那段日子，才忽然发现自己爱这个危城有多深。窗前水波上黎明之际的海鸥，学校附近大树上聒噪的黄昏喜鹊，教室里为我唱惜别曲的学生，深夜里打电话问我冬衣够不够的友人，市场里卖猪肠粉的和善老妇，小屋一角养得翠生生的鸟巢蕨……爱这个城是因为它仍是一个中国人的城，爱它是因为爱云游此处的自己。"浮屠不三宿桑下，不欲久生恩爱"，僧人不敢在同一棵桑树下连宿三天，只因怕时日既久不免留情。香港是我淹留一学期的地方，怎能不恋栈？但造成这恋栈的形势既然是自己选择的，别离之苦也就理该认命。

用什么方法来回报这个拥抱过的地方呢？这个我一心要向它感谢的土地。

我想起在报上看到的一则广告：

有个人，拿着机器往大石头里钻，旁边一行英文字，意思说："因为，钻石头是钻不出什么血来的——所以，请把你的血给我们一点。"

乍看之下，心里不觉一痛，难道我就是那石头吗？冷硬绝缘，没有血脉，没有体温，在钻探机下碎骨裂髓也找不出一丝殷红。不是的，我也有情的沃土和血的川原，但是我为什么不曾献一次血呢？只因我是个"被拒绝献血的人"，可是——也许可以再试一下，说不定香港标准松些，我就可以过关了。

用一口破英文和破广东话，我按着广告上的指示打电话去问红十字会。这类事如果问"老香港"应该更清楚，但是我不想让别人知道，只好自己去碰。

还有什么比血更好呢？如果你爱一片土地，如果你感激周围的关爱，如果你回顾岁月之际一心谢恩，如果你喜欢在那片土地生活时的自己，留下一点血应该是最好的赠礼吧。

那一天是二月六日，我赶到金钟，找到红十字会，那一带面临湾仔，有很好的海景。

"你的血要指定捐给什么人？"办事的职员客气地拿着表格要为我填上。

捐给什么人？我一时愣住，不，不必捐给什么人，谁需要就可以拿去；这并不是什么了不起的东西，只不过是光与光的互照，水与水的交流，哪里还需要指定？凡世之人又真能指定什么，专断什么呢？小小的水滴，不过想回归大地和海洋，谁又真能指定自己的落点？幽微的星光，不过想用最温柔的方式说明自己的一度心事，又怎有权利预定在几千几百年后，落入某一个人的视线？

"不，不指定，"我淡淡一笑，"随便给谁都好。"

终于躺上了献血椅，心中有着偷渡成功的窃喜，原来香港不这么严，我通过了，多好的事。护士走来，为我打了麻醉。他们真好，真体贴。我瞪着眼看血慢慢地流入血袋，多好看的殷红色，比火更红，比太阳更红，比酒更红，原来人体竟是这么美丽的流域啊！

想起余光中的那首《民歌》来了，舒服地躺在椅子上慢慢回味着多年前"台北孙中山纪念馆"的夜晚，层层叠叠的年轻人同声唱那首满是泪意的曲子：

> 传说北方有一首民歌
> 只有黄河的肺活量能歌唱

从青海到黄河
风 也听见
沙 也听见

如果黄河冻成了冰河
还有长江最最母性的鼻音
从高原到平原
鱼 也听见
龙 也听见

如果长江冻成了冰河
还有我，还有我的红海在呼啸
从早潮到晚潮
醒 也听见
梦 也听见

有一天我的血也结冰
还有你的血他的血在合唱
从 A 型到〇型
哭 也听见

在无风的静夜里

笑也听见

多好的红海，相较之下，人反而成了小岛，零散地寄居在红海的韵律里。

离开红十字会的时候，办事小姐要我留地址。

"我明天就回台湾呢！"

谁又是真有地址的人呢？谁不是时间的过客呢？如果世间真有地址一事，岂不是在一句话落地生根的他人的心田上，或者一滴血如河流相互灌注的渠道间——所谓地址，还能是什么呢？

快乐，加上轻微的疲倦，此刻想做的事竟是想到天象馆去看一场名叫《黑洞》的影片，其间有多少茫茫宇宙不可解不可触的奥秘？而我们是小小的凡人，需要人与人之间无伪的关怀。但明天要走，有太多有待收拾、有待整理的箱子和感情，便决定要回到我寄寓的小楼去。

那一天，我会记得，一九八四年二月六日，告别我所爱的一个城，飞回我更爱的另一个城，别盏是一袋血。那血为谁所获，我不知道，我知道的是自己的收获。我感觉自己是一条流量丰沛的大河，可以布下世间最不须牵挂的天涯深情。

还有什么比这更好的事呢？

后记：

这篇小文，是应友人孙越发起的献血运动而作的，论性质不免倾向"实用性"，但自己斟酌一下，觉得也可看作某一时期的"点式的自传"，所以仍然收在集子里。

步下红毯之后

楔子

妹妹被放下来，扶好，站在院子里的泥地上，她的小脚肥肥白白的，站不稳。她大概才一岁吧，我已经四岁了！

妈妈把菜刀拿出来，对准妹妹两脚中间那块泥，认真且用力地砍下去。

"做什么？"我大声问。

"小孩子不懂事！"妈妈很神秘地收好刀，"外婆说的，这样小孩子才学得会走路。你小时候我也给你砍过。"

"为什么要砍？"

"小孩生出来，脚上都有脚镣锁着，所以不会走路，砍断了才走得成路。"

"我没有看见，"我不服气地说，"脚镣在哪里？"

"脚镣是有的，外婆说的，你看不见就是了！"

"现在断了没有？"

"断了，现在砍断了，妹妹就要会走路了。"

妹妹后来当然是会走路了，而且，我渐渐长大，终于也知道妹妹会走路跟砍脚镣没有什么关系，但不知为什么，那遥远的画面竟那样清楚兀立，使我感动。

也许脚镣手铐是真有的，做人总得冲，总得突破什么，反正不是我们壮硕自己去撑破镣铐，就是让那残忍的钢圈箍入我们的皮肉。

是暮春还是初夏也记不清了，我到文星出版社的楼上去，萧先生把一份契约书给我。

"很好，"他说。他看起来高大、精细、能干，"读你的东西，让我想到小时候念的冰心和泰戈尔。"

我惊讶得快要跳起来，冰心和泰戈尔，这是我熟得要命、爱得要命的呀！他怎么会知道？我简直觉得是一份知遇之恩，《地毯的那一端》就这样卖断了，扣掉税我只拿到两千多元，但也不觉得吃了亏。

我兴冲冲地去找朋友调色样，我要了紫色，那时候我新婚，家里的布置全是紫色的，窗帘是紫的，床罩是紫的，窗棂上的爬藤花是紫的，那紫色漫溢到书页上，一段似梦的岁月。那是个漂亮的阳光日，我送色样到出版社去，路上碰到三毛，她也是去送色样，她是为朋友的书调色，调的是草绿色，出书真是件兴奋的事，我们愉快地将生命中的一抹色彩交给了那即将问世的小册子。

"我们那时候一齐出书，"有一次康芸薇说，"文星宣传得好大呀，放大照都挂出来了。"

那事我倒忘了，经她一提，想想好像真有那么回事，奇怪的是我不怎么记得照片的事，我记得的是我常常下了班，巴巴地跑到出版社楼上，请他们给我看新书发售的情形。

"谁的书比较好卖？"其实书已卖断，销路如何跟我已经没有关系。

"你的跟叶珊的。"店员翻册子给我看。

我拿过册子仔细看，想知道到底是叶珊卖得多，还是我——我说不上那是痴还是幼稚，那时候成天都为莫名其妙的事发急发愁，年轻大概就是那样。

那年十月，《幼狮文艺》的朱桥寄了一张庆典观礼券给我，我去了。丈夫也有一张票，我们的座位不同区，相约散会的时候在体育场门口见面。

我穿了一身洋红套装，那天的阳光辉丽，天空一片艳蓝。我的位置很好，运动会的表演很精彩，想看的人又近在咫尺，而丈夫，在场中的某个位子上，我们会后将应约而归，一切正完美晶莹，饱满无憾……

但是，忽然，我的泪水夺眶而出，我想起了南京……

不是地理上的南京，是诗里的、词里的、魂梦里的、母亲的乡音里的南京（母亲不是南京人，但在南京读中学），依稀记得那些名字：玄武湖、明孝陵、鸡鸣寺、夫子庙、秦淮河……

不，不要想那些名字，那不公平，中年人都不乡愁了，你才这么年轻，乡愁不该交给你来愁，你看表演吧，你是被邀请来看表演的，看吧！很好的位子呢！不要流泪，你没看见大家都好好的吗！你为什么流泪呢？你真的还太年轻，你身上穿的仍是做新娘子的嫁服，你是幸福的，你有你小小的家，每天黄昏，拉下紫幔等那人回来。生活里有小小的气恼、小小的得意、小小的凄伤和甜蜜，日子这样不就很好了吗？

不要碰故土之思，它太强，不要让三江五岳来撞击你，不要念赤县神州的名字，你受不了的，真的，日子过得很好，把泪逼回去，你不能开始，你不能开始，你不能开始，你一开始就不能收回……

我坐着，无效地告诫着自己，从金门来的火种在会场里点着了，赤膊的汉子在表演蛙人操，仪队的枪托冷凝如紫电，特别是看台上面的大红柱子，直直地逼到眼前来，我无法遏抑地想着中山陵，那仰向苍天的阶石，中国人的哭墙，我们何时才能将发烫的额头抵上那神圣的冰凉，我们将一步一稽首地登上雾锁云埋的最高巅……

会散了，我挨蹭到门口，他在那里等我。我们一起回家。

"你怎么了？"走了好一段路，他忍不住问我。

"不，不要问我。"

"你不舒服吗？"

"没有。"

"那……"他着急起来，"是我惹了你？"

"没有，没有，都不是——你不要问我，求求你不要问我，一句话都不要跟我讲，至少今天别跟我讲……"

他诧异地望着我，惊奇中却有谅解，近午的阳光照在宽阔坦荡的敦化北路上，我们一言不发地回到那紫色小巢。

他真的没有再干扰我，我恍恍惚惚地开始整理自己，我渐渐明白，有一些什么根深蒂固的东西一直潜藏在我自己也不甚知道的渊深之处，是淑女式的教育所不能掩盖的，是传统中文系的文字训诂和诗词歌赋所不能磨平的，那极蛮横、极狂野、极热、极不可挡的什么，那种"欲饱史笔有脂髓，血作金汤骨作垒。凭将一腔热肝肠，烈作三江沸腾水"（这是我自己的句子）的情怀……

我想起极幼小的时候，就和父亲别离。那时家里有两把长刀，是抗战胜利时分到的，鲨鱼皮，古色古香，算是身无长物的父亲唯一贵重的东西。母亲带着我和更小的妹妹到台湾，父亲不走，只送我们到江边，他说："……那把刀你带着，这把，我带着，他年能见面当然好，不然，总有一把会在。"

那样的情节，那样一句一钢钉的对话，竟然不是小说而是实情！

父亲最后翻云南边境的野人山而归，长刀丢了，唯一带回来的是劫后之身。

不是在圣人书里，不是在线装的教训里，我了解了故土之思，我了解了那份渴望上下拥抱五千年，纵横把臂八亿人的激情。它在那里，它一直在那里……

随便抓了一张纸，就在那空白的背面，用的是一支铅笔，我开始写：

"那些气球都飘走了，总有好几百个吧？在透明的蓝空里浮泛着成堆的彩色，人们全都欢呼起来，仿佛自己也分沾了那份平步青云的幸运——事情总是这样的，轻的东西总能飘得高一点，而悲哀拽住我，有重量的物体总是注定要下沉的。

"体育场很灿烂，闪耀着晚秋的阳光，礼炮沉沉地响着。这是十月，一九六六年的十月，武昌的故事远了。西风里悲壮的往事远了……

"中山陵上的落叶已深，我们的手臂因渴望一个扫墓的动作而酸痛。"

我忽然明白，写《地毯的那一端》的时代远了，我知道我更该写的是什么，闺阁是美丽的，但我有更重的剑要佩，更长的路要走。

后来我得了奖，奖金一千元，之后我又得过许多奖，许多奖金、奖座、奖牌，领奖时又总有盛会，可是只有那一次，是我真正激动的一次，朱桥告诉我，评审委员读着，竟哭了。

我不能永远披着白纱，踏着花瓣，走向红毯尽处的他。当我们携手走下红毯，迎人而来的是风是雨，是风雨声中恻恻的哀鸣。

但无论如何，我已举步上路。

只因为
我们相遇

在 无 风 的 静 夜 里

爱我更多,好吗?

爱我更多,好吗?

爱我,不是因为我美好,这世间原有更多比我美好的人。爱我,不是因为我智慧,这世间自有数不清的智者。爱我,只因为我是我,有一点好、有一点坏、有一点痴的我,古往今来独一无二的我,爱我,只因为我们相遇。

如果命运注定我们走在同一条路上,碰到同一场雨,并且共遮于同一把伞下,那么,请以更温柔的目光俯视我,以更固执的手握紧我,以更和暖的气息贴近我。

爱我更多,好吗?唯有在爱里,我才知道自己的名字,知道自己的位置，并且惊喜地发现自身的存在。所有的石头只是石头，漠漠然冥顽不化，只有受日月精华的那一块会猛然爆裂，跃出一番欢忭忻悦的生命。

爱我更多，好吗？因为知识使人愚蠢，财富使人贫乏，一切的攫取带来失落，所有的高升令人沉陷，而且，每一项头衔都使我觉得自己的面目更为模糊起来。人生一世如果是日中的赶集，则我的囊橐空空，不是因为我没有财富，而是因为我手中的财富太大，它是一块完整而不容割切的金子，我反而无法用它去购置零星的小件，我只能用它孤注一掷来购置一份深情，爱我更多，好让我的囊橐满当而沉重，好吗？

爱我更多，好吗？因为生命是如此仓促，但如果你肯对我怔怔凝视，则我便是上戏的舞台，在声光中有高潮的演出，在掌声中能从容优雅地谢幕。

我原来没有权利要求你更多的爱，更多的激情，但是你自己把这份权利给了我，你开始爱我，你授我以柄，我才能如此放肆、如此任性来要求更多。能在我的杯中注入更多醇醪吗？肯为我的炉火添加更多柴薪否？我是饕餮的，我是贪得无厌的，我要整个春山的花香，整个海洋的月光，可以吗？爱我更多，就算我的要求不合理，你也应允我，好吗？

爱我少一点，我请求你

爱我少一点，我请求你。

有一个秘密，不知道该不该告诉你，其实，我爱的并不是你，当我答应你的时候，我真正的意思是，我愿意和你在一起，一起去爱这个世界，一起去爱人世，并且一起去承受生命之杯。

所以，如果在春日的晴空下，你肯痴痴地看一株粉色的寒绯樱，你已经给了我最美丽的示爱。如果你虔诚地站在池畔看三月雀榕树上的叶苞如何骄傲专注地等待某一定时定刻的爆放，我已一世感激不尽。你或许不知道，事实上那棵树就是我啊！在春日里急于释放绿叶的我啊！至于我自己，爱我少一点吧！我请求你。

爱我少一点，因为爱使人痴狂，使人颠倒，使人牵挂，我不忍折磨你。如果你一定要爱我，且爱我如清风来水面，不黏不滞。爱我如黄鸟度青枝，让飞翔的仍去飞翔，扎根的仍去扎根，让两者在一刹那的相逢中自成千古。

爱我少一点，因为"我"并不只住在这一百六十厘米的身高中，并不只容纳于这方趾圆颅内。请到书页中去翻我，那里有缔造我骨血的元素；请到闹市的喧哗纷杂中去寻我，那里有我的哀恸与关怀；并且尝试到送殡的行列里去听我，其间有我的迷惑与哭泣；或者到风最尖啸的山谷，浪最险恶的悬崖，落日最凄艳的草原上去探我，因为那些也正是我的悲怆和叹息。我不只在我里，我在风我在海我在陆地我在星，你必须少爱我一点，才能去爱那藏在大化中的我。等我一旦烟消云散，你才不致猝然失去我，那时，你仍能在蝉的初吟、月的新圆中找到我。

爱我少一点，去爱一首歌好吗？因为那旋律是我；去爱一幅画，因为那流溢的色彩是我；去爱一方印章，我深信那老拙的刻痕是我；去品尝一坛佳酿，因为坛底的醉意是我；去珍惜一幅编织品，那其间的纠结是我；去欣赏舞蹈和书法吧——不管是舞者把自己挥洒成行草篆隶，或是寸管把自己飞舞成腾跃旋挫，那其间的狂喜和收敛都是我。

爱我少一点，我请求你，因为你必须留一点柔情去爱你自己。因我爱你，你便不再是你自己，你已是我的一部分，所以，把给我的爱也分回去爱惜你自己吧！

听我最柔和的请求，爱我少一点，因为春天总是太短太促太来不及，因为有太多的事等着在这一生去完成、去偿还，因此，请提防自己，不要爱我太多，我请求你。

我渴望赢

我渴望赢，有人说人是为胜利而生的，不是吗？

极幼小的时候，大约三岁吧，因为听外婆说一句故乡的俗语"吃辣当家"，就猛吃了几大口辣椒，权力欲之炽，不能说不惊人了。

如果我是英国贵族，大约会热衷养马、赛马吧？如果是东方太平时代的乡绅，则不免要跟人斗斗蟋蟀，但我是个在台湾长大的小孩，习惯上只能跟人比功课。小学六年级，深夜，还坐在同学家的饭厅里恶补，补完了，睁开倦眼，摸黑走夜路回家。升学这一仗是不能输的。奇怪的是那么小的年纪，也很诡诈的，往往一面偷偷读书，一面又装出视死如归的气概，仿佛自己全不在乎。

考取北一女（台北市立第一女子高级中学）是第一场小赢。

而在家里，其实也是霸气的。有一次大妹执意要母亲给她买两支水彩笔，我大为光火，认为她只需借用我的那支旧笔就可以了，而母亲居然听了她的话去为她买来了，我不动声色，第二天便要求母亲给我买四支。

"为什么要那么多？"

"老师说的！"我决不改口，其实真正的理由是，我在生气，气妹妹不知节俭，好，要浪费，就大家一起来浪费，你要两支，我就偏要四支，我是不能输给别人的！

母亲果然去买了四支笔，不知为什么，那四支笔仿佛火钳似的，放在书包里几乎要烫着人了，我暗暗立誓，而今而后，不要再为自己去斗气争胜了，斗赢了又如何呢？

有一天，在小妹的书桌前看到一张这样的字条：

下次考试：

数学要赢 ×××

语文要赢 ×××

英文要赢 ×××

……………

不觉失笑，争强斗胜，以至于此，不但想要夺总冠军，而且想一项一项去赢过别人，多累人啊——然而，妹妹当年活着便是要赢这一场艰苦的仗。

至于我自己，后来果真能淡然吗？有的时候，当隐隐的鼓声扬起，我不觉又执矛挺身，或是写一篇极难写的文章，或是跟"在上位者"争一件事情。争赢求胜的心仍在，但真正想赢过的往往竟是自己，要赢过自己的私心和愚蠢。

有一次，在报上看到英国的特工队去救出伊朗大使馆里的人质，在几分钟内完成任务，大获全胜，而他们的工作箴言却是"Who dares wins"（勇敢者胜），我看了，气血翻涌，立刻把它钉在记事板上，天天看一遍。

行年渐长，对一己的荣辱渐渐不以为意了，却像一条龙一样，有其颈项下不可披的逆鳞，我那不可碰、不可输的东西是"中国"，是我胸中的这块隐痛：当我俯饮马来西亚马六甲的郑和井，当我行经马尼拉的华人坟场，当我在纽约街头看李鸿章手植的绿树，当我在哈佛校区里抚摩那驮碑的赑屃，当我在韩国的庆州看汉瓦当，当我在香港的新界看邓围，当我在泰北山头看赤足的孩子凌晨到学校去，赶在上泰国政府规定的泰文课之前先读中文……我所渴望赢回的，是华夏的形象，是散在全世界有待像拼图一般聚拢来的中国。

有一个名字不容任何人污蔑，有一个话题绝不容别人占上风，有一份旧爱不准他人来置喙。总之，只要听到别人的话锋似乎要触及我的中国了，我就会一面谦卑地微笑，一面拔剑以待，只要有一言伤及它，我会立刻挥剑求胜，即使为剑刃所伤，亦在所不惜。

属于我自己的轮盘或赢或输又算什么，大不了是这百年光阴的一次小小押宝罢了。而五千年的传统，十亿生灵的祸福却是古往今来最巨大最悲切的投注了，怎能不求其成呢！

上天啊，让我们赢吧！我们是为赢而生的，必要时也可以为赢而死，因此，其他的选择是不存在的，在这唯一的奋争中给我们赢——或者给我们死。

我寻求挫败

我一直都在寻求挫败，寻求被征服被震慑被并吞的喜悦。

有人出发去"征山"，我从来不是，而且刚好相反，我爬山，是为了被山征服。有人飞舟，是为了"凌驾"水，而我不是，如果我去亲炙水，我需要的是涓水归川的感觉，是自身的消失，是形体的涣释、精神的冰泮，是自我复归位于零的一次冒险。

记得故事中那个叫"独孤求败"的第一剑侠吗？终其一生，他遇不到一个对手，人间再没有可以挫阻自己的高人，天地间再没有可匹可敌、可交锋的力量，真要令人忽忽如狂啊！

生来有一块通灵宝玉的贾宝玉是幸福的，但更大的幸福却发生在他掷玉的一刹那。那时，他初遇黛玉，一照面之间，彼此惊为旧识，仿佛已相契了万年。他在惊愕慌乱中竟把一块玉胡乱砸在地上，那种自我的降服和破碎是动人的，是一切真爱情最醇美的倾注。

文学史上也不乏这样的例子，陈师道曾经"一见黄豫章（黄山谷），尽焚其稿而学焉"，一个人能碰见令自己心折首俯的高人，并能一把火烧尽自己的旧作，应该算是一种极幸福的际遇。

《新约》中的先知约翰曾一见耶稣便屈身降志说："我仅仅是以水为你们施洗礼的，他却以灵为你们施洗礼，我之于他，只能算一声开道的吆喝声！"《红拂传》里的虬髯客一见李靖，便知天下大势已定，乃飘然远引。那使男子为他色沮、女子为他夜奔的大唐盛世的李靖，我多么想见他一眼啊。清朝末年的孙中山也有如此风仪，使四方豪杰甘于俯首受命。人生的悲剧原不在头断血流，在于没有大英雄可为之赴命，没有大理想供其驱驰。

我一直在寻找挫败，人生天地间，还有什么比挫败更快乐的事？就爱情言，其胜利无非最彻底的"溃不成军"。就旅游言，一旦站在千丘万壑的大峡谷前，感到自己渺如蝼蚁，还有什么时候你能如此心甘情愿地卑微下来，享受大化的赫赫天威？又尝记得一次夏夜，卧在沙滩上看满天繁星如雨阵、如箭镞，一时几乎惊得昏过去，有一种投身在伟大之下的绝望，知道人类永永远远不能去逼近那百万光年之外的光体，这份绝望使我一想起来仍觉兴奋昂扬。试想全宇宙如果都像一个窝囊废一样被我们征服了，日子会多么无趣啊！读圣贤书，其理亦然，看见洞照古今长夜的明灯，听见声彻人世的巨钟，心中自会有一份不期然的惊喜，知道我虽愚鲁，天下人间能人正多，这一番心悦诚服，使我几乎要大声宣告："多么好！人间竟有这样的人！我连死的时候都可以安心了！因为有这样优秀的人，有这些美丽的思想！"此外，见到特蕾沙在印度，史怀哲在非洲，或是八大石涛在美术馆，周鼎宋瓷在博物院，都会兴起一份"我永世不能追摹到这种境界"的激动，这种激动，这种虔诚的服输是多么难忘的大喜悦。

如果此生还有未了的愿望，那便是不断遇到更令人心折的人，不断探得更勾魂摄魄、荡荡可吞人的美景，好让我能更彻底地溃败，更从心底承认自己的卑微和渺小。

矛盾篇之三

狂喜

俯仰终宇宙，

不乐复何如？

——《读山海经·其一》

曾经看过一部沙漠纪录片，荒旱的沙碛上，因为一阵偶时雨，遍地野花猛然争放，错觉里几乎能听到轰然一响，所有的颜色便在一刹那间蹿上地面，像什么壕沟里埋伏着的万千勇士奇袭而至。

那一场烂漫真惊人，那时候，你会惊悟到原来颜色也是有欲望、有性格，甚至有语言、有欢呼的！

而我自己的生命，不也是这样一番来不及的吐艳吗？细想起来，怎能不生大感激、大欢喜，就连气恼郁愤的时候，反身自问，也仍是自庆自喜的，一切烦恼原是从有我而来，从肉身而来，但这一个"我"，这一个"肉身"，也来之不易啊！是神话里的山精水怪、桃柳鱼蛇修炼千年以待的呢！即使要修到神仙，也须先做一次人身哩！《新约》中的耶稣，其最动人处便在破体而出舍入尘寰而为人身，仿佛一位父亲俯身于沙堆里，满面黑污地去和小儿女扮家家酒。

　　得到这样的肉身，所有的动物、植物、矿物仰首以待的，天上神明俯身以就的，这样潇洒爽亮如黎明新拭的肉身，怎能不大喜若狂呢？

　　莎士比亚在《第十二夜》里有一段论爱情的话：

　　　　你要这样想："求爱得爱固然好，没有求，就给你，更足宝。"

　　如果以之论生命，也很适用，这一番气息命脉是我们没有祈求就收到的天宠，这一副骨骼筋络是不曾耕耘便有的收获。至于可以辨云识星的明眸，可以听雨闻风的聪耳，可以感春知秋的慧觉，哪一样不如同悬崖上的吊松、野谷里的幽兰，是一项不为而有、不豫而成的美丽？

这一切，竟都在我们的无知浑噩中完足了，想来怎能不顶礼动容，一心赞叹！

肉身有它的欲苦，它会饥饿——但连饥饿亦是美好的，没有饥饿感，婴儿会夭折，成人会清减，而且，大快朵颐的喜悦亦将失落。

肉身会疲倦困顿——但世上又岂有什么仙境比梦土更温柔？在那里，一切的乏劳得到憩息，一切的苦烦暂且卸肩，老者又复其童颜，赢者又复其康强，卑微失意的角色，终有其可以昂首阔步的天地。原来连疲倦困顿也是可以击节赞美的设计，可以欢忭赞颂的策划。

肉身会死亡，今日之红粉，竟是明日之骷髅，此刻脑中之才慧，亦无非他年蚁蝼之小宴。然而，此生此世仍是可庆贺的。我甘愿做残冬的槁木，只要曾经是早春如诗如酒的花光，我立誓在成土成泥、成尘成烟之余都要哂然一笑，因为活过了，就是一场胜利，就有资格欢呼。

在生命高潮的波峰，享受它。在生命低潮的波谷，忍受它。享受生命，使我感到自己的幸运。忍受生命，使我了解自己的韧度，两者皆令我喜悦不尽。

如果我坚持生命是一场大狂喜会激怒你，请原谅我吧，我是情不自禁啊！

大悲

生命中之所以有其大悲，在于别离。

而其实宇宙万象，原不知何物为"别"，"别"是由于人的多事才生出来的。萍与萍之间岂真有聚散，云与云之际也谈不上分合。所以有别离者，在于人之有情，有眷恋，有其不可理喻的依依。

佛家言人生之苦，喜欢谈"怨憎会""爱别离"，其实，尤其悲哀的应该是后者吧？若使所爱之人能相依，则一切可憎可怨者也就可以原谅。就众生中的我而言，如果常能与所爱之人饮一杯茶，共一盏灯，能知道小女儿在钢琴旁，大儿子在电脑前，并且在电话的那一端有父母的晨昏，在圣诞卡的另一头有弟弟妹妹的他乡岁月。在这个城或那个城里，在山巅，在水涯，在平凡的公寓里住着我亲爱的朋友们，只要他们不弃我而去，我会无限度地忍耐那不堪忍耐的，我会原谅一切可憎可怨的人，我会有无限宽广的心。

然而，所谓"怨憎会"与"爱别离"，其实也可以指人际以外的环境和状况吧？那曾与你亲爱相依的密实黑发，终有一日要弃你而去，反是你所怨憎的白发或童秃来与你垂老的头颅相聚啊！你所爱的颊边的蔷薇，眼中的黑晶，终将物化，我们被强迫穿上那件可怨可憎的松垮得不成款式的制服——我指的是那坍垮下来的皮肤，并且用一双蒙眬的老花眼去看这变形的世界。告别那灵巧敏慧的曾经完成许多创造的手，去接受颤抖的、不听命的十指。整个垂老的过程岂不就是告别那一个曾惊喜爱赏的自己吗？岂不就是不明不白强迫你接受一个明镜中陌生的怨憎的与"我"格格不入的印象吗？

而尤其悲伤的是，告别深爱的血中的傲啸，脑中的敏捷，以及心底的感应，反跟自己所怨憎的沉浊、麻木和迟钝相聚了。这种不甘心的分别与无奈的相聚，恐怕不下于怨偶的纠结以及情人的远隔吧，世间之真大悲便该是这一类吧？

死是另一种告别，不仅仅是告别这世上贪恋过的目光，相依过的肩膀，爱抚过的婴颊——死所要告别的还要更多更多：自此以后，我那不足道的对人生的感知全都不算数了，后世之人谁会来管你第一次牙牙学语说出一个完整句子时所引起的惊动和兴奋，谁又会在意你第一次约会前夕的窃喜？至于某个老人垂死之前跟一条狗的感情，谁又耐烦去记忆呢？每一个人惊天动地的内在狂涛，在后人看来不过是旋生旋灭的泡沫而已。活着的人要把自己的琐事记住尚且不易，谁又会留意作古之人的悲欢呢？死就是一番彻底的大告别啊，跟人跟事，跟一身之内的最亲最深的记忆。宗教世界虽也谈永生和来生，但毕竟一切都告一段落，民间信仰中的来生是要先涉过忘川的，一切从此便告一了断。基督教的天堂又偏是没有眼泪的地方——可是眼泪尽管苦涩，属于眼泪的记忆也是我不忍相舍的啊！生命中最尖锐的疼痛，最无言的苍凉，最疯狂的郁怒，我是一样也舍不得忘记的啊！此外曾经有过的勇往无悔的用情，披沙拣金的知识，以及电光石火的顿悟，当然更是不忍遽舍的！一只鹭鸶不会预知自己必死的命运，不会有晚景的自伤，更不会为自己体悟出的捉鱼本领要与自身一同消失而怅怅，人类才是那唯一能感知怨憎会和爱别离之苦的生物啊，只因我们才有爱憎分明的知觉，才有此心历历的判然。

　　人生的大悲在斤斤于离别之苦，而离别之苦种因于知识，弃圣绝智却偏是众生做不到的，告别彩笔以前的江淹曾写下"黯然销魂者，唯别而已矣"，等彩笔绮思一旦被索还，是不是就不必销魂了呢？我是宁可胸中有此大悲凉的，一旦连悲激也平伏消失，岂不更是另一番尤为彻骨的悲酸？

一

渐渐地，就有了一种执意地想要守住什么的神气，半是凶霸，半是温柔，却不肯退让，不肯商量，要把生活里琐碎的东西一一护好。

二

一向以为自己爱的是空间，是山河，是巷陌，是天涯，是灯光晕染出来的一方暖意，是小小陶钵里的"有容"。

然后才发现自己也爱时间，爱与世间人"天涯共此时"。在汉唐相逢的人已成就其汉唐，在晚明相逢的人也谱罢其晚明。而今日，我只能与当世之人在时间的长川里停舟暂相问，只能在时间的流水席上与当代人传杯共盏。否则，两舟一错桨处，觥筹一交递时，年华岁月已成空无。

天地悠悠，我却只有一生，只握一个筹码，手起处，转骰已报出点数，属于我的博戏已宣告结束。盘古一辨清浊，便是三万六千载，李白《蜀道难》难忘的年光，忽忽竟有四万八千岁，而天文学家动辄抬出亿万年，我小小的想象力无法追想那样地老天荒的亘古，我所能揣摩，所能爱悦的无非属于常人的百年快板。

三

神仙故事里的樵夫偶一驻足观棋，已经柯烂斧锈，沧桑几度。

如果有一天，我因好奇而在山林深处看棋，仁慈的神仙，请尽快告诉我真相。我不要偷来的仙家日月，我不要在一袖手之际误却人间的生老病死，错过半生的悲喜怨怒。人间的紧锣密鼓中，我虽然只有小小的戏份，但我是不肯错过的啊！

四

书上说，有一颗星，叫岁星，十二年循环一次。"岁星"使人有强烈的时间观念，所以一年叫"一岁"。这种说法，据说发生在远古的夏朝。

"年"是周朝人用的，甲骨文上的年字写成秂，代表人扛着禾捆，看来简直是一幅温暖的"冬藏图"。

有些字，看久了会令人渴望到心口发疼发紧的程度。当年，想必有一快乐的农人在北风里背着满肩禾捆回家，那景象深深感动了造字人，竟不知不觉用这幅画来做三百六十五天的重点勾勒。

五

有一次，和一位老太太用闽南语搭讪。

"阿婆，你在这里住多久了？"

"嗯——有十几冬啰！"

听到有人用冬来代年，不觉一惊，立刻仿佛有什么东西又隐隐痛了起来。原来一句话里竟有那么丰富饱胀的东西。记得她说"冬"的时候，表情里有沧桑也有感恩，而且那样自然地把春耕夏耘秋收冬藏的农业情感都灌注在里面了。她和土地、时序之间那种血脉相连的真切，使我不知哪里有一个伤口轻痛起来。

六

朋友要带他新婚的妻子从香港到台湾来过年，长途电话里我大概有点惊奇，他立刻解释说："因为她想去台北放鞭炮，香港不准放。"

放下电话，我想笑又端肃，第一次觉得放炮是件了不起的大事，于是把儿子叫来说："去买一串不长不短的炮——有位阿姨要从香港到台湾来放炮。"

岁除之夜，满城爆裂小小的、微红的、有声的春花，其中一串自我们手中绽放。

七

我买了一间小小的山屋，只十坪[1]大。屋与大屯山相望，我喜欢大屯山，"大屯"是卦名，那山也真的跟卦象一样神秘幽邃，爻爻都在演化，它应该足以胜任"市山"的。走在处处地热的大屯山系里，每一步都仿佛踩在北方人烧好的土炕上，温暖而又安详。

下决心付小屋的订金，说来是因屋外田埂上的牛，以及牛背上的黄头鹭。这理由，自己听来也觉得像撒谎，直到有一天听楚戈说某书法家买房子是因为看到烟岚，才觉得气壮一点。

我已经辛苦了一年，我要到山里去过几个冬夜，那里有豪奢的安静和孤绝。我要生一盆火，烤几枚干果，燃一屋松脂的清香。

---

[1] 一坪约等于 3.3 平方米。——编者注

八

你问我今年过年要做什么，你问得太奢侈啊！这世间原没有什么东西是我绝对可以拥有的，不过随缘罢了。如果蒙天之惠，我只要许一个小小的愿望，我要在有生之年，年年去买一钵素水仙，养在小小的白石之间。

中国水仙和自盼自顾的希腊孤芳不同，它是温驯的，偎人的，开在中国人一片红灿的年景里。

九

除了水仙，我还有一件俗之又俗的心愿，我喜欢遵循老家的旧俗，在年初一的早晨吃一顿素饺子。

素饺子的馅儿以荠菜为主，我爱荠菜的"野蔬"身份，爱小时候提篮去挑野菜的情趣，爱以素食为一年第一顿餐点的小小善心，爱民谚里"三月三，荠菜花，赛牡丹"的憨狂口气。

荠菜花花瓣小如米粒，粉白，不仔细看根本不容易发现，到了老百姓嘴里居然一口咬定荠菜花赛过牡丹。中国民间向来总有用不完的充沛自信，李凤姐必然艳过后宫佳丽，一碟名叫"红嘴绿鹦哥"的炒菠菜会是皇帝思之不舍的美味。郊原上的荠菜花绝胜宫中肥硕痴笨的各种牡丹。

吃荠菜饺子，淡淡的香气之余，总有颊齿以外嚼之不尽的清馨。

十

如果一个人爱上时间，他便是恋爱了。恋人会永不厌烦地渴望共花之晨，共月之夕，共其年年岁岁，岁岁年年。

如果你爱上的是一个民族、一块土地，也趁着岁月未晚，来与之共其朝朝暮暮吧！

所谓百年，不过是一千二百番的盈月、三万六千五百回的破晓，以及八次的岁星周期罢了。

所谓百年，竟是禁不起蹉跎和迟疑的啊，且来共此山河守此岁月吧！大年夜的孩子，只守一夕华丽的光阴，而我们所要守的却是短如一生又复长如一生的年年岁岁、岁岁年年啊！

丝绵之为物

丝绵之为物，真的好缠绵啊！

第一次有一块丝绵，是在六岁那年，柔软的一团云絮，握在手里令人心怯，因为太轻太柔，你总疑惑它并不在你手里。及至把它铺在墨盒里，看起来就实在多了，又显得太乖，令人心疼。母亲把黑墨汁倒下去，白色消失了，小墨盒忽然变成一块丰厚的黑沼泽，毛笔舐下去，居然可以写字了。

砚台不能留宿墨，墨盒却可以，砚台的拙趣小孩子当然不能欣赏，所以就只爱那个墨盒，想不通一个盒子怎么可以关住那么多、那么丰富不尽的黑。没有墨汁的时候，倒些清水也能写字，小小的方盒到底藏着多少待发的文采？犹记得墨盒上刻一个"闲"，是爸爸的名字，又刻着二月十五日，那是爸妈的结婚纪念日。据说那一天是"花朝"，妈妈摇头说，日子没选好，花朝结婚，当然要生女儿了。我生在次年三月，杜诗里面"二月已破三月来"的好风好日，清明未交，春正展睫。对着一个墨盒，知道妈妈的抱怨也是好话，所以有说不尽的身世之喜，小小的心里竟觉得那一对花朝而婚的父母原是为了应验翌年要生我这个女儿呢！而作为他们结婚纪念品的小墨盒也只为让孩提的我铺一片云絮，浇千勺墨汁，以完成我最初的涂鸦啊！

第二次拥有丝绵已是三十年后的事了，那是一件丝绵袄。

从来没想到一件衣服竟可以如此和暖轻柔，如日光，如音乐，如无物。余光中的诗里有一句"为什么，抱你的是大衣"，大衣的拥抱是僵硬笨拙的，而丝绵袄却恍如是从自己的身体里面长出来的一般。就像岛女及腰的长发，把自己完密地披裹住。又像羊毛垂垂，从自己的毛孔中生发出来了。

再想想，世上似乎只有我们中国人穿丝绵袄，便又十分得意。而一根蚕丝是多么长的纤维，长如一只春蚕由生到死的缠绵，长如春来千株桑树的回忆，长如黄帝嫘祖的悠悠神话，长如义山诗里纠纠结结欲说还休的爱情。

不要笑我总也脱不下那件苦茶色的老棉袄，我是有意要把它穿成自己的皮肤、自己的肌理啊！

客居的岁月里，我去买了一抹胭脂红的丝绵被。

小楼朝北，适于思乡的方向，但十一月以后也是寒风蚀窗的方向。宿舍里只供毯子，我却执意非盖一床被不可。天气愈来愈冷，"买棉被"这件事几乎已经变成了一个宣言，一种政治信仰，看见朋友就要重申一次。人在吃饭和睡觉这种事上的习惯大概是很不容匡正的吧！

被子买回来了，薄柔一片，匀匀地铺在床上，虽是单人的，却也实实地盖满了一张大床，看着看着，又想起方旗的诗来，诗句记不清，诗意大抵是：

我的爱覆盖你，

如一床旧被。

而我的这一床更好，是婉转随人意的新被，这整个冬天，就要靠它来提供一份古典的、东方的、丝绸式的温柔了。想来，同舟共车固然是人世的大缘分，但一个人此生能在那张床上一憩，能就那把长勺一饮，能凭那一道栏杆小立，甚至婴儿时能裹那一条小被为襁褓，恐怕也都靠一段小小的因缘吧！

至于我自己这半年的岁月，又是一番怎样的因缘呢？怎么会悠悠如云出岫，竟至离家千里，独到这面对一条横河的北楼上来落脚，也实在想不分明啊！至于为何会和这里的一桌一椅、一盘一碗、一枕一衾相亲，恐怕也是一场绝不可知的神秘吧？而这丝被，腹中填着千丝万缕，其中每一纤每一绪何尝不是一个生灵的身世？一段娓娓的或蛾或卵、或蛹或蚕的三生自叙。夜深拥被，不免怔怔入神，想此丝此绪究竟生于何村聚，成于何桑园？在何山之麓，何水之涯？在哪一日丝尽成茧，在哪一日缫绪成丝？至于那殷勤的养蚕人，冬天来时，她自己可曾有一张丝绵被可覆？一张被里有太多的故事，太多说不清的因缘，但丝被太暖太柔，我终于想不透而弓身睡去，如同一只裹茧成蛹的眠蚕。

　　不管天气会怎样继续湿冷下去，不管我如何深恨这僵手僵脚的日子，我已经决定原谅客中的冬日——由于那一床胭脂红的丝绵被。

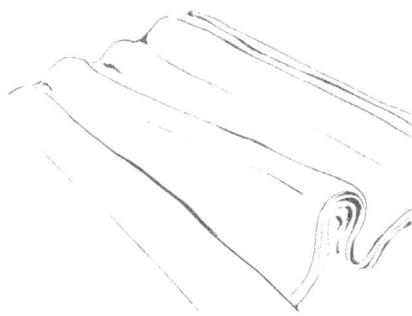

出门的时候，她蔫蔫的，一副意兴阑珊的样子。

多年夫妻了，装高兴的那种把戏看来也大可不必了。装假，实在是很累人的事，更何况，装得不好是会给人拆穿的，反而没趣。

他应该也看出来了，但大概由于理亏，也就不好意思说什么。两人叫了出租车，便往豪华饭店驰去。她本来就讨厌吃"泼费"（"尽量吃饱"的意思），何况又是去跟丈夫的同学吃。

世上无聊的事很多，陪配偶的老同学吃饭大概也算一桩吧？今天的晚宴，她想象起来，也不觉得会有什么乐趣。所谓"老友"，本来天经地义，就该有点排外。老友聊天如果不能令别人目瞪口呆，只言片语也插不进，那也不叫"老友"了。

这种场合，她知道，做妻子的去了，实在了无生趣。但不去，又显得做丈夫的没面子，连个老婆也搬不动，只好勉勉强强无精打采地走一遭。等一下，等到达饭店，她会把笑容拿出来挂到脸上去，她会把自己装作"鸽派人士"。但现在，她想要休息一下，她把自己缩成一条还没有吹胀的气球，萎皱且扭曲，窝在座椅上。

坐上桌以后，果然不出所料，几个男人开始大谈"想当年"，女人则静静地听，静静地吃，完全插不上嘴。同学会这种地方是不该带配偶的，太不人道了，她想，各人跑各人的同学会才对。好在几个太太都是质朴的人，大家低头吃东西，倒也相安。曾经碰到某些太太没话找话说，那才叫累人。

忽然，话锋一转，他们谈到了作弊。而且，他们一致把眼睛望向她的丈夫。

"哎呀，真的，我们班上唯一考试不作弊的人，就是你呀！"

"对呀，就是你，只有你一个！"

她吃了一惊，原来他是唯一的一个！她自己考试不作弊，总以为天下人都该不作弊，没料到丈夫当年竟是唯一的一个。"那你呢？你也作弊啦！"有个太太多此一举地瞪眼问自己的丈夫。"我不作弊我就毕不了业了！"那丈夫理直气壮地回答。她默默地吃着，什么话也没讲。心里却对自己说，啊，想来那男孩当年也蛮可爱的，虽然现在的他已是"忠厚"人士，虽然他坐在自己身边，竭力不为那份诚实而自得自豪。他的确是个诚实的君子，相处三十多年后，她倒也能为这句话盖上印章，打上包票。

"有时去参加别人的同学会倒也不完全是无聊的事。"

回家的路上，挽着丈夫的手，她想。

四个身处
婚姻危机的女人

元代画家赵孟頫的妻子管夫人写过一首词，十分脍炙人口：

你侬我侬，忒煞情多；

情多处，热如火；

把一块泥，捻一个你，塑一个我，

将咱两个一齐打破，用水调和；

再捻一个你，再塑一个我。

我泥中有你，你泥中有我；

我与你生同一个衾，

死同一个椁。

这首词二十年前一度是街头巷尾流行的现代情歌。它不但写得好，而且还很实用，据说当年让赵孟頫读此词而回心转意，罢了娶妾的念头。原来这么美的一首情诗竟是拿来"劝退"的。中国古来用文学挽救婚姻的故事发生过几次，第一次主角是汉代的陈皇后，她因嫉妒，遭汉武帝打入冷宫。司马相如替她写了《长门赋》，稿费黄金百斤（古代黄金未必只指金子，但仍是令现代人咋舌的笔润）。这篇高价买来的文章，果真有点功能，算是令她暂时和皇帝恢复了一阵亲善关系。

吊诡的是，这少年时代为人写《长门赋》的司马相如，后来老病之余也想娶妾。这一次，他那浪漫的妻子卓文君又能到哪里去找人替自己写感人的"短门赋"呢？她只好自己动手来写了。她写了一首《白头吟》，口气非常自尊自重，其辞如下：

> 皑如山上雪，皎若云间月，
> 闻君有两意，故来相决绝。
> 今日斗酒会，明日沟水头，
> 躞蹀御沟上，沟水东西流。
> 凄凄复凄凄，嫁娶不须啼，
> 愿得一心人，白头不相离。
> 竹竿何袅袅，鱼尾何簁簁，

男儿重意气，何用钱刀为！

另外一个女人叫苏蕙，是晋代窦滔的妻子。窦滔镇襄阳，带着宠姬赵阳台去赴任，把苏蕙留在家中。苏蕙手织了一篇璇玑文，上面有八百多字，纵横反复，皆成章句。窦滔读了，很惊讶妻子的才华——不过好像也就那么感动一下就是了，没听说苏蕙的处境获得什么改善。

这四个女人或动笔，或动织布机，或劳动一代文豪。总之，她们都试图用文学来挽回颓势，而且多少也获致了一点成功。文学本是性灵的东西，性灵的东西在现实生活里不容易发挥什么功用，她们却居然让文学为自己的婚姻效力，也算不简单了。

但不知为什么，我读这些诗，却只觉悲惨，连她们的胜利我也只觉是惨胜，我只能寄予无限悲悯。啊，那些美丽的蕙质兰心的女子，为什么她们的男人竟不懂得好好疼惜她们呢？

你真好，你就像我少年伊辰

　　她坐在淡金色的阳光里，面前堆着的则是一堆浓金色的柑子。是那种我最喜欢的圆紧饱甜的"草山桶柑"。而卖柑者向来好像都是些老妇人，老妇人又一向都有张风干橘子似的脸。这样一来，真让人觉得她和柑子有点什么血缘关系似的，其实卖番薯的老人往往有点像番薯，卖花的小女孩不免有点像花蕾。

　　那是一条僻静的山径，我停车，蹲在路边，跟她买了十斤柑子。

　　找完了钱，看我把柑子放好，她朝我甜蜜温婉地笑了起来——连她的笑也有蜜柑的味道，她说："啊，你这查某（女人）真好，我知，我看就知——"

　　我微笑，没说话，生意人对顾客总有好话说，可是她仍抓住话题不放："你真好——你就像我少年伊辰一样——"

我一面赶紧谦称"没有啦"，一面心里暗暗觉得好笑——奇怪啊，她和我，到底有什么是一样的呢？我在大学的讲堂上教书，我出席国际学术会议，我驾着车在山径上御风独行。在台湾，在香港，在北京，我经过海关关口，关员总会抬起头来说："啊，你就是张晓风？"而她只是一个老妇人，坐在路边，卖她今晨刚摘下来的柑子。她却说，她和我是一样的，她说得那样安详笃定，令我不得不相信。

转过一个峰口，我把车停下来，望着层层山峦，慢慢反刍她的话。那袋柑子个个沉实柔腻，我取了一个掂了掂。柑子这东西，连摸在手里都有极好的感觉，仿佛它是一枚小型的液态的太阳，可食、可触、可观、可嗅。

不，我想，那老妇人，她不是说我们一样，她是说，我很好，好到像她生命中最光华的那段时间一样。不管我们的社会地位有多大落差，在我们共同对着这一堆金色柑子的时候，她看出来了，她轻易地就看出来了，我们的生命基本上是相同的。我们是不同的歌手，却重复着生命本身相同的好旋律。

少年时的她是怎样的？想来也是个有着一身精力，上得山下得海的女子吧？她背后山坡上的那片柑子园，是她一寸寸拓出来的吧？那些柑子树，年年把柑子像喷泉一样从地心挥洒出来，也是她当日一棵棵栽下去的吧？满屋子活蹦乱跳的小孩，无疑也是她一手乳养长大的吧？她想必有着满满实实的一生。而此刻，在冬日山径的阳光下，她望见盛年的我向她走来，购买一袋柑子，她却像卖给我她长长的一生，她和一整座山的龃龉和谅解，她的伤痕她的结痂。但她没有说，她只是温和地笑，她只是相信，山径上总有女子走过——跟她少年时一样好的女子，那女子也会走出沉沉实实的一生。

我把柑子掰开，把金船似的小瓣食了下去。柑子甜而饱汁，我仿佛把老妇的赞许一同咽下。我从山径的童话中走过，我从烟岚的奇遇中走过，我知道自己是个好女人——好到让一个老妇想起她的少年，好到让人想起汗水，想起困厄，想起歌，想起收获，想起喧闹而安静的一生。

有些人

有些人，他们的姓氏我已遗忘，他们的脸却恒常浮着——像晴空，在整个雨季中我们不见它，却清晰地记得它。

那一年，我读小学二年级，有一个女老师——我连她的脸都记不起来了，但好像觉得她是很美的（有哪一个小学生心目中的老师不美呢？），也恍惚记得她身上那片不太鲜丽的蓝。她教过我们些什么，我完全没有印象，但永远记得某个下午的作文课，一位同学举手问她"挖"字该怎么写，她想了一下，说："这个字我不会写，你们谁会？"

我兴奋地站起来，跑到黑板前写下了那个字。

那天，放学的时候，当同学们齐声向她说"再见"的时候，她向全班同学说："我真高兴，我今天多学会了一个字，我要谢谢这位同学。"

我立刻快乐得有如胁下生翅一般——我平生似乎再没有出现那么自豪的时刻。

那以后，我遇见无数学者，他们尊严而高贵，似乎无所不知。但他们教给我的，远不及那个女老师多。她的谦逊，她对人不吝惜的称赞，使我忽然间长大了。

如果她不会写"挖"字，那又何妨？她已挖掘出一个小女孩心中宝贵的自信。

有一次，我到一家米店去。

"你明天能把米送到我们的营地吗？"

"能。"那个胖女人说。

"我已经把钱给你了，可是如果你们不送，"我不放心地说，"我们又有什么证据呢？"

"啊！"她惊叫了一声，眼睛睁得圆鼓鼓的，仿佛听见一件耸人听闻的罪案，"做这种事，我们是不敢的。"

她说"不敢"两字的时候，那种敬畏的神情使我肃然，她所敬畏的是什么呢？是尊贵古老的卖米行业，还是"举头三尺即有神明"？

她的脸，十年后的今天，如果再遇到，我未必能辨认，但我每遇见那无所不为的人，就会想起她——为什么其他的人竟无所畏惧呢！

有一个夏天，中午，我从街上回来，红砖人行道烫得人鞋底都要烧起来似的。

忽然，我看到一个衣衫褴褛的中年人疲软地靠在一堵墙上，他的眼睛闭着，黝黑的脸扭曲如一截枯根，不知在忍受什么。他也许是中暑了，需要一杯甘洌的冰水。

他也许很忧伤，需要一两句鼓励的话，但满街的人潮流动，美丽的皮鞋行过美丽的人行道，却没有人驻足望他一眼。

我站了一会儿，想去扶他，但我闺秀式的教育使我不能不有所顾忌，如果他是疯子，如果他的行动冒犯我——于是我扼杀了我的同情，让自己和别人一样漠然离去。

那个人是谁，我不知道，那天中午他在眩晕中想必也没有看到我，我们只不过是路人。但他的痛苦却盘踞了我的心，他的无助的影子使我陷在长久的自责里。

上苍曾让我们相遇于同一条街，为什么我不能献出一点手足之情，为什么我有权漠视他的痛苦？我何以怀着那么可耻的自尊？如果可能，我真愿再遇见他一次，但谁又知道他在哪里呢？

我们并非永远都有行善的机会——如果我们一度错过。

那陌生人的脸于我是永远不可弥补的遗憾。

对于代数中的行列式，我是一点也记不清了，倒是记得那细瘦矮小、貌不惊人的代数老师。

那年七月，当我们赶到联考考场的时候，只觉整个人生都摇晃起来，无忧的岁月至此便渺茫了，谁能预测自己在考场后的人生？

想不到的是代数老师也在那里，他那苍白而没有表情的脸竟会奔波过两个城市在考场上出现，是颇令人感到意外的。

接着，他蹲在泥地上，捡了一块碎石子，为特别愚鲁的我讲起行列式来。我焦急地听着，似乎从来未曾那么心领神会过。泥土的大地可以成为那么美好的纸张，尖锐的利石可以成为那么流利的彩笔——我第一次懂得，他使我在书本上的朱注之外了解了所谓"君子谋道"的精神。

那天，很不幸，行列式没有考，而那以后，我再没有碰过代数书，我的最后一节代数课竟是蹲在泥地上上的。我整个的中学教育也是在那无墙无顶的教室里结束的，时隔十多年，才忽然咀嚼出那意义有多美。

代数老师姓什么，我竟不记得了，我能记得语文老师所填的许多小词，却记不住代数老师的名字，心里总有点内疚。如果我去母校查一下，应该不甚困难，但总觉得那是不必要的，他比许多我记得住姓名的人不是更有价值吗？

其实，你跟我都是借道前行的过路人

那天放假，是端午节的假。从前，端午节是不放假的，原因不详。似乎是从二十世纪初开始，新派的当权人士就对农历节庆有点仇视。但挨挨蹭蹭混了七十多年，发现老百姓还是爱过老节，终于投降了，把清明、端午、中秋的假一一照放。想来，说不定，有一天连旧历的花朝日或重阳节都放假也未可知。

那一天，因为是第一次得到一个新鲜的端午假日，十分兴奋，于是全家出发，驾上车，浩浩荡荡赴大屯山赏蝶，以为庆贺。奇怪的是，事近十年，现在回想起来，对那蝴蝶漂亮的青翅倒不算印象深刻，使我惊愕难忘的是另一幅景象。

蝴蝶并非不美丽，但它的美对我而言是"意料中事"，并无意外可言。我在导游手册上找到"蝴蝶廊"的名字，就"按图索蝶"前往大屯山一探，果真找到了它们。

但另外的那个景象却是我"碰"上的，导游手册里完全没提到。

那天我从阳投公路左转，往大屯山主峰的方向开去，蝴蝶廊便在大屯山主峰上。天气晴和，它们三三两两在阳光下舒翅，它们的翅膀有如青天一角，又如土耳其蓝玉。看完蝴蝶，我继续前往于右任墓，忽然，毫无防备，它，出现在车前。

它显然极度惊惶，它是一条碧绿色的小蛇。蛇虽然也有嘴脸眼睛，但蛇的表情大约是我们人类读不懂的吧？只是它急恐窜逃的样子我看得懂，它的肢体在痉挛中迅速蠕动，把那翡翠一般优雅的皮色舞成一片模糊晃动的碎琉璃。

我在它横越马路的地方轻轻刹车，距它大约四米，我停在那里对它说："不要怕，我让你，你是行人，你先过。"

窄窄的山路，对它竟是天险难渡。不知是不是因为柏油路面不利于它的蠕动，它看起来张皇失措。

"对不起，吓到你了，你的名字是不是叫小青？今天是端午节，你知不知道，今天这日子跟你们蛇族的故事有关呢！"

它战栗，这是它生死攸关、存亡续绝的时刻。

"不要这样，这条路又不是我的，我们两个都只不过是偶然借道前行的过路人罢了！你好好走嘛！这座山与其说属于我的祖先，不如说是属于你的祖先。我打扰了你们的领域，我说道歉都来不及，你又何必吓成这样呢？"

小蛇窜入草丛，转瞬消失。

事情过了快十年，它那抖动如飞鞭的身形，它那痛苦扭折的S形常在我眼前晃动，我为自己和人类文明加之于它的苦楚而深感苦楚。

不知它如今还活着吗？曾经，某年某月某日某时，我与它，两个同被初夏阳光蛊惑而思有所动的生物，一起借道而行，行经光影灿烂的山路。它是那样碧莹美丽，我不能忘记。

秋千上的
女子

在 无 风 的 静 夜 里

情怀

不知从什么时候开始，我变成了一个容易着急的人。

行年渐长，许多要计较的事都不计较了，许多渴望的梦境也不再使人颠倒，表面看起来早已经是个可以令人放心、循规蹈矩的良民，但在胸臆里仍然暗暗地郁勃着一声闷雷，等待某种不时的炸裂。

仍然落泪，在读说部故事，诸葛武侯废然一叹，跨出草庐的时候；在途经罗马看米开朗琪罗一斧一凿，每一痕都是开天辟地的悲愿的时候；在深宵不寐，感天念地深视小儿女睡容的时候。

忽焉就四十岁了，好像觉得自己一身竟化成两个，一个正咧嘴嬉笑，抱着手冷眼看另一个，并且说："嘿，嘿，嘿，你四十岁啦，我倒要看看你四十岁会变成什么样子哩！"

于是正正经经开始等待起来，满心好奇兴奋，抻着脖子张望即将上演的"四十岁时"，几乎忘了主演的人就是自己。

好几年前，在朋友的一面素壁上看见一句英文格言，说的是："今天，是你此后余生的第一天。"

我谛视良久，不发一语，心里却暗暗不服："不是的，今天是今生到此为止的最后一天。"

我总是着急，余生有多少，谁知道呢？果真如诗人说的"百年梳三万六千回"的悠悠栉发岁月吗？还是"四季伩来往，寒暑变为贼，偷人面上花，夺人头上黑"的霸道不仁呢？有一年，眼看着患癌症的朋友史惟亮一寸寸地走远，那天是二月十四日，日历上的情人节，他必然还有绵缠不尽的爱情吧，"中国"总是那最初也是最后的恋人，然而，他却走了，在情人节。

我走在什么时候？谁知道？只知道世方大劫，一切活着的人都是叨天之幸，只知道，且把今天当作我的最后一天，该爱的，要来不及地去爱，该恨的，要来不及地去恨。

从印度、尼泊尔回来，有小小的人世间的得意，好山水，好游伴，好情怀，人生至此，还复何求？还复何夸？回来以后，急着去看植物园的荷花。原来不敢期望在九月看荷的，但也许克什米尔的荷花湖使人想痴了心，总想去看看自己的那片香红，没想到她们仍在那里，比六月那次更灼然。回家忙打电话告诉慕容，没想到这人阴险，竟然已经看过了。

"你有没有想到，"她说，"就连这一池荷花，也不是我们'该'有的啊！"人是要活很多年才知道感恩的，才知道万事万物包括投眼而来的翠色，附耳而至的清风，无一不是豪华的天宠。才知道生命中的每一霎那时间都是向永恒借来的片羽，才相信胸襟中的每一缕柔情都是无限天机所流泻的微光。

而这一切，跟四十岁又有什么关联呢？

想起古代的东方女子，那样小心在意地贮香膏于玉瓶，待香膏一点一滴地积满了，她忽然渴望就地一掷，将猛烈的馨香并作一次挥尽，啊！只要那样一度，够了。

想起绝句里的剑客，"十年磨一剑，霜刃未曾试，今日把示君，谁有不平事？"分明一个按剑的侠者，在清晨跨鞍出门，渴望及锋而试。

想起朋友亮轩，少年十七岁，过中华路，在低矮的小馆里见于右任的一副对联"与世乐其乐，为人平不平"，私慕之余，竟真能效志。人生如果真有可争，也无非这些吧？

又想起杨牧的一把纸扇，扇子是在浙江绍兴买的，那里是秋瑾的故居，扇上题诗曰：连雨清明小阁秋，横刀奇梦少时游。百年堪羡越园女，无地今生我掷头。

冷战的岁月是没有掷头颅的激情的，然而，我四十岁了，我是那扬瓶欲作一投掷的女子，我是那挎刀直行的少年，人世间总有一件事，是等着我去做的，石槽中总有一把剑，是等着我去拔的。

去年九月，我们全家四人到恒春一游。由于娘家至今在屏东已住了二十八年，我觉得自己很有理由把那块土地看作故乡了。阳光薄金，秋风薄凉，猫鼻头的激浪白亮如抛珠溅玉。立身苍茫之际，回顾渺小的身世，一切幼时所曾羡慕的，此刻全都有了。曾听人说流星划空之际，如果能飞快地说出祈愿便可实现，当时多急着想练好快利的口齿啊，而今，当流星过眼，我只能知足地说："神啊，我一无祈求！"

可是，就在那一天，我走到一个小摊子前面，一些褐斑的小鸟像水果似的绑成一串吊在门口，我习惯地伸出手摸了它一下。忽然，那只鸟反身猛啄我一口，我又痛又惊，急速地收回手来，惶然无措地愣在那里。

就在那一瞬间，我忽然忘记痛，第一次想起鸟的生涯。

它必然也是有情有知的吧？它必然也正忧痛煎急吧？它也隐隐感到面对死亡的不甘了吧？它也正郁愤悲挫、忽忽如狂吧？

我的心比我的手更痛了。这是我第一次遇见不幸的伯劳鸟，在这以前，它一直是我案头古老的《诗经》里的一个名字，"七月鸣"，便是伯劳了，伯劳也是"劳燕分飞"典故的一部分。

稍往前走，朋友指给我看烤好的鸟。再往前走，他指给我看堆积满地的小伯劳鸟的嘴尖。

"抓到就先把嘴折下来，免得咬人，然后才杀来烤。刚才咬你的那种因为打算卖活的，所以嘴尖没有折断。"

朋友是个尽责的导游，我却迷离起来。这就是我的老家屏东吗？这就是古老美丽的恒春古城吗？这就是海滩上有着发光的"贝壳沙"的小镇吗？这就是入夜以后沼气的蓝焰会从小泽里亮起来的神话之乡吗？"恒春"不该是"永恒的春天"吗？为什么有名的"关山落日"前，为什么惊心动魄的万里夕照里，我竟一步步踩着小鸟的嘴尖？

要不要管这档子闲事呢？

寄身在所谓的学术单位里已经是十几年了，学人的现实和计较有时不下商人，一位坦白的教授说："要我帮忙做食品检验？那对我的研究计划有什么好处？这种事是该"卫生署"做的，他们不做了，我多管什么闲事？我自己的 paper（论文）不出来，我在学术界怎么混？"

他说的没有错，只是我有时会想起胡金铨的《龙门客栈》，大门砰然震开，白衣侠士飘然当户。

"干什么的？"

"管闲事的！"

回答得多么理直气壮。

我为什么想起这些？四十岁还会有少年侠情吗？为什么空无中

总恍惚有一声召唤，使人不安。

我不喜欢"善心人士"的形象，"慈眉善目"似乎总和衰老、妇道人家、愚弱有关。而我，做起事来总带五分赌气性质，气生命不被尊重，气环境不被珍惜。但是，真的，要不要管这档闲事呢？管起来钱会浪费掉，睡眠会更不足，心力会更交瘁，而且，会被人看成我最不喜欢的"善士"的模样，我还要不要插手管它呢？

教哲学的梁从香港来，惊讶地看我在屋顶上种出一畦花来。看到他，我忽然唠唠叨叨，在嬉笑中也"哲学"起来了。

"你知道，在这个世界上，我终于慢慢明白，我能管的事太少了，北爱尔兰那边要打，你管得着吗？巴基斯坦这边要打，你压得了吗？小学四年级的音乐课本上有一首歌这样说：'看我们少年英豪，抖着精神向前跑，从心底喊出口号，要把世界重改造，为着民族求平等，为着人类争公道，要使全球万国间，到处腾欢笑。'那时候每逢刮风，我就喜欢唱这首歌，顶着风往前走。可是，三十年过去了，我不敢再说这样的大话，'要把世界重改造'，我没有这种本事，只好回家种一角花圃，指挥指挥四季的红花绿卉，这就是辛稼轩说的，人到了一个年纪，忽然发现天下事管不了，只好回过头来'乃翁依旧管些儿，管竹管山管水'。我呢，现在就管他几棵花。"

说的时候自然是说笑的，朋友认真地听，但我也知道自己向来虽不怕"以真我示人"，只是也不曾"以全我示人"。种花是真的，刻意去买了竹床竹椅放在阳台上看星星也是真的，却像古代长安街上的少年，耳中猛听得金铁交鸣，才发觉抽身不及，自己又忘了前约，依然伸手管了闲事。

一夜，卸下终日的疲倦，十月的夜，适度的凉，我舒舒服服地独倚在一张为看书而设计的躺榻上，算是对自己一点小小的纵容吧！生平好聊天，坐在研究室里是与古人聊天，与西人聊天。晚上读闲书、读报是与时人聊天。写文章，则是与世人与后人聊天。旅行的时候则与达官贵人或老农老圃闲聊。想来属于我的一生，也无非是聊了些天而已。

忽然，一双忧郁愠怒的眼睛从报纸右下方一个不显眼的角落向我投视来，一双鹰的眼睛，我开始不安起来。不安的原因也许是那怒睁的眼中天生有着鹰族的锐利奋扬，但是不止，还有更多。我静静地读下去，在花莲，一个叫玉里的镇，一个叫卓溪乡古风村的地方，一只"赫氏角鹰"被捕了。从来不知道赫氏角鹰的名字，连忙去查书，知道它曾在几万年前，从喜马拉雅和云南西北部南下，然后就留在中央山脉了，它不是台湾特有鸟类，也不是偶然过境的候鸟，而是"留鸟"，这一留，就是几万年，听来像绵绵无尽期的一则爱情故事。却有人将这种鸟用铁夹捕了，转手卖掉，得到五千元。

我跳起来，打长途电话到玉里，夜深了，没人接，我又跑到桌前写信，急着找限时信封做读者投书，信封上了，我跑下楼去推脚踏车寄信，一看腕表，已经清晨五点了，怎么会弄得这么晚的？也只能如此了，救生命要紧！

跨车回来，心中亦平静亦激动，也许会带来什么麻烦，会有人骂我好出风头，会有人说我图名图利，会有人铁口直断说："我看她是要竞选了！"不管他，我且先去睡两个小时吧！我开始隐隐知道刚才和那只鹰一照面间我为什么不安，我知道那其间有一种召唤，一种几乎是命定的无可抗拒的召唤，那声音柔和而沉实，那声音无言无语，却清晰如面晤，那声音说："为那不能自述的受苦者说话吧！为那不能自申的受屈者表达吧！"

而后，经过报上的风风雨雨，侦骑四出，却不知那只鹰流落在哪里，我的生活从什么时候开始竟和一只鹰莫名其妙地连在一起了？每每我凝视照片，想象它此刻的安危。人生际遇，真是奇怪。过了二十天，我人到花莲，主持了两个座谈会。当晚住在旅社里，当门一关，廊外海潮声隐隐而来，心中竟充满异样的感激，生平住过的旅社虽多，这一间却是花莲的父老为我预订并付钱的，我感激的是自己那一点善意和关怀被人接纳，有时也觉得自己像说法化缘的老僧，虽然每遭白眼，但也能和人结成肝胆相照的朋友，我今夕蒙人以一饭相款，设一榻供眠，真当谢天。比起古代风餐露宿的苦行僧，我是幸运的。

第二天一早搭车到宜兰，听说上次被追索的赫氏角鹰便是在被偷运至台北的途中死在那里。我和鸟类专家张万福从罗东问到宜兰，终于在一家"山产店"的冷冻箱里找到那只曾经搏云而上的高山生灵，而今是那样触手如坚冰的一块尸骨。站在午间陌生的小市镇上，山产店里一罐罐的毒蛇药酒，从架上俯视我。这样的结果其实多少也是意料中的，却仍忍不住悲怆。四十岁了，一身仆仆，站在小城的小街上，一家破败的山产店前，不肯服输的心底，要对抗的究竟是什么呢？

和张万福匆匆包了它，就赶北宜公路回家了，黄昏时在台北道别，看他再继续赶往台中的路，心中充满感恩之意。只为我一通长途电话，他就肯舍掉两天的时间，背着一大包幻灯片，从台中、台北，再转花莲去"说鸟"。此人也是一奇，阿美族人，台大法律系毕业，在美军顾问团做事，拿着高薪，却忽然发现所谓律师常是站在有钱有势却无理的一边，这一惊非同小可，于是弃职而去，一跑跑到大度山的东海潜心研究起鸟类生态来。故事听起来像江洋大盗忽然收山不做而削发皈依，反度起众人一般神奇。而他却是如此平实的一个人，会傻里傻气地待在野外，从早上六点到下午六点，仔细数清楚棕面莺的母鸟喂了四百八十次小鸟的记录，并且会在座谈会上一一学鸟类不同的鸣声。而现在，"赫氏角鹰"交给他去做标本，一周以后，那胸前一片粉色羽毛的幼鹰会乖乖地张开翅膀，乖乖地停在标本架上，再也没有铁夹去夹它的脚了，再也没有商人去辗转贩卖它了，那永恒展翼啊！台北的暮色和尘色中，我看他和鹰绝尘而去，心中的冷热一时也说不清。

我是个爱鸟人吗？不是，我爱的那个东西必然不叫鸟，那又是什么呢？或许是鸟的振翅奋扬，是一掠而过，将天空横渡的意气风发，也许我爱的仍不是这个，是一种说不清的生命力的展示，是一种突破无限时空的渴求。

曾在翻译诗里爱过希腊废墟的蔓草荒烟，曾在风景明信片上爱过夏威夷的明媚海滩，曾在线装书里迷上"黄河之水天上来"，曾在江南的歌谣里想自己驾一叶迷途于十里荷香的小舟……而半生碌碌，灯下惊坐，忽然发现魂牵梦萦的仍是中央山脉上我未曾及睹其生面的一只鹰鸟。

四十岁了，没有多余的情感和时间可以挥霍，且专致地爱脚跟下的这片土地吧！且虔诚地维护头顶的那片青天吧！生平不识一张牌，却生就了大赌徒的性格，押下去的那份筹码，其数值自己也不知道，只知道是余生的岁岁年年。赌的是什么？是在我垂睫大去之际，能看到较澄澈的河流，较清鲜的空气，较青翠的森林，较能繁息生养的野生生命……输赢何如？谁知道呢？但身经如此一番大搏，为人也就不枉了。

和丈夫去看一部叫《女人四十一枝花》的电影，回家的路上咯咯笑个不停，好莱坞的爱情向来是如此简单荒唐。

"你呢?"丈夫打趣,"你是不是女人四十一枝花?"

"不是,"我正色起来,"我是'女人四十一枚果',女人四十岁还做花,也不是什么含苞或盛放的花了,但是如果是果呢,倒是透青透青初熟的果子呢!"

一切正好,有看云的闲情,也有犹热的肝胆,有尚未收敛也不想收敛的遭人妒的地方,也有平凡敦实容许别人友爱的余裕,有高龄的父母仍容我娇痴无忌如稚子,也有广大的国家容我去展怀一抱如母亲,有霍然而怒的盛气,也有湛然一笑的淡然。

还有什么可说呢?芽嫩已过,花期已过,如今打算来做一枚果,待果熟蒂落,愿上天复容我是一粒核,纵身大化,在新着土处,期待另一度的芽叶。

人体中的繁星和穹苍

一个人是怎样变成自然科学家的？我认为是由于惊奇。

另一个人是怎样变成诗人的？我认为，也是由于惊奇。

至于那些成为音乐家、成为画家，乃至成为探险家的，都源于对万事万物的一点欣喜错愕，因而有不能自已地想去亲炙探究的冲动。

如果一定要说有什么差别的话，那就是科学家总是惊奇之余想去揣一揣真相，文学艺术家却在惊奇之际只顾赞美叹气、手舞足蹈起来——但是，其实，没有人禁止科学家一面研究一面赞叹，也没有人限制文学艺术家一面赞叹一面研究。

万物本身的可惊可奇是可爱的，而我，在生活的层层磨难之余仍能感知万物的可惊可奇也是可喜的——如今，在这方专栏里能将种种可惊可奇分享给别人更是可喜的。让我们一起来赞叹，也一起来探究吧！

生命最初的故事

夜空里，繁星如一春花事，腾腾烈烈，开到盛时，让人担心它简直自己都不知该如何去了结。

繁星能数吗？它们的生死簿能一一核查清楚吗？

且不去说繁星和夜空，如果我们虔诚地反身自视，便会发现另一度宇宙，数以亿计的小光点溯流而上，奋力在深沉黑田的穹苍中泅泳。然后，众星寂减，剩下那唯一的，唯一着陆的光体。

——我其实是在说精子和卵子的结合过程，那是生命最初的故事，是一切音乐的序曲部分，是美酒未饮时的激激和期待，是饱墨的画笔要横走纵跃前的蓄势。

精子的探险之旅

如果说，人体本身的种种奇奥是一系列神话，则精子的探险旅行应视作神话的第一章。故事总是这样开始的：

有一次（Once upon a time），有一只小小的精子出发了，它的旅途并不孤单，和它结伴同行的探险家合起来有二三西西 [1]（也有到五

---

[1] 西西，即 cc，立方厘米，cubic centimetre 的简称。——编者注

六西西的），不要看不起这几西西，每一西西里的精子编制平均是两千万到六千万只（想想整个台湾还不到两千万人口呢），几西西合起来便有上亿的数目了！

这是一场机密的行军，所有的精子都安静如赴命的战士，只顾奋力泅泳，它们虽属于同一部队（它们的军种，略似海军陆战队吧），行军途中却没有指挥官。奇怪的是，它们每一个都很清楚自己的任务——它们知道此行要抢先去攀登一块叫"卵子"的陆地，而且，这是一场不能回头的旅途。除了第一个成功着陆的英雄，其他精子唯一的命运就是死掉。"抱着万一成功的希望"，这句话对它们来说太奢侈了，因为它们是"抱着亿一成功的希望"而全力以赴的。

考场、球场都有正常的竞争和淘汰，但竞争淘汰的比例达到如此冷酷无情的程度，除了"精子之旅"以外，也很难在其他现象里找到了。

行行重行行，有些伙伴显然落后了，那超前的彼此互望一眼，才发现大家在大同中原来还是有小异的，其中有一批是 X 兵种，另一批是 Y 兵种。Y 的体形比较灵便，性格比较急躁，看来颇有奏凯的希望，但 X 稳重踏实，一副跑马拉松的战略，是个不可轻视的角色。这一番"抢渡"，整个途程不过二十五厘米左右，但对小小的精子而言，却也等于玄奘取经横绝大漠的步步险阻了。这单纯的朝香客便不眠不休不食不饮，一路行去。

优胜劣败的筛选

世间女子，一生排卵的数目约五百，一个现代女人大概只容其中的一两个成孕，而每一枚成孕的卵子是在亿对一的优势选择后才大功告成的。这种豪华浪费的大手笔真令人吃惊——可是，经过这场剧烈的优胜劣败的筛选，人种才有今天这么秀异，这么稳定。虽说"上天有好生之德"，但在整个人种绵延的过程中，反而只见铁面无私的霹雳手段呢！

虽然，整个旅程比一只手掌长不了多少，但选手却需要跑上两三个小时或五六个小时，算起来也是累得死人的长跑了。因此，如果情况不理想，全军覆没的情形也不免发生。另外一种情况也很常见，那就是选手平安到达，但对方迟到了，于是精子必须等待，事实上精子从出发到守候往往需要支撑十几个小时。

好了，终于，最勇壮的一位到达终点了，通常在终点线附近会剩下大约一百名选手，最后的冲刺当然是极为紧张的，但这胜利者能得到什么呢？有鲜花、金牌在等它吗？有镁光灯等着为它做证吗？没有，这幸运而疲倦的英雄没有时间接受欢呼，它必须立刻部署打第二场杖，它要把自己的头帽自动打开，放出一些分解酵素，而这酵素可以化开卵子的一角护膜。那卵子，曾于不久前自卵巢出发，并在此中途相待，等待来自另一世界的英雄，等待膜的化解，等待对方的舍身投入。

生命完成的感恩

这一刹那，应该是大地倾身诸天动容的一刹那。

有没有人因精卵的神迹而肃然自重呢？原来一身之内亦自如万古乾坤，原来一次射精亦如星辰纳于天轨，运行不息。故事里的孙悟空，曾顽皮地把自己变作一座庙宇，事实上，世间果有神灵，神灵果愿容身于一座神圣的殿堂，则那座殿堂如果不坐落于你我的此身此体，还会是哪里呢？

附：

这样说吧，如果你行过街头，有人请你抽奖，如果你伸手入柜，如果柜中上亿票券只有一张可以得奖，而你竟抽中了，你会怎样兴奋？何况奖额不是一百万、一千万，而是整整一部"生命"，你曾为自己这样成胎的际遇而有过一丝一毫的感恩吗？

错误——中国故事的常见开端

在中国，错误不见得是一件坏事，诗人愁予有首诗，题目就叫《错误》，末段那句"我达达的马蹄是美丽的错误"四十年来像一支名笛，不知被多少嘴唇呜然吹响。

《三国志》里记载周瑜雅擅音律，即使酒后也仍然轻易可以辨出乐工的错误。当时民间有首歌谣唱道："曲有误，周郎顾。"后世诗人多事，故意翻写了两句："欲使周郎顾，时时误拂弦。"真是无限机趣，描述弹琴的女孩贪看周郎的眉目，故意多弹错几个音，害他频频回首，风流俊赏的周郎哪里料到自己竟中了弹琴素手甜蜜的机关。

在中国，故事里的错误也仿佛是那弹琴女子在略施巧计，是善意而美丽的——想想，如果不错他几个音，又焉能赚得你的回眸呢？错误，对中国故事而言有时几乎成为必须了。如果你看到《花田错》《风筝误》《误入桃源》这样的戏目，不要觉得古怪，如果不错他一错，哪儿来的故事呢！

德国戏剧家布莱希特写过一出《高加索灰阑记》，不但取了中国故事做蓝本，学了中国京剧的表演方式，到最后，连那判案的法官也十分中国化了。他故意把两起案子误判，反而救了两桩婚姻，真是彻底中式的误打误撞，而自成佳境。

身为一个中国读者或观众，虽然不免训练有素，但在说书人的梨花简嗒然一声敲响，或书页已尽正准备掩卷叹息的时候，不免悠悠想起，咦？怎么又来了，怎么一切的情节，都分明从一点点小错误开始？

我们先来说《红楼梦》吧，女娲炼石补天，偏偏炼了三万六千五百零一块。本来三万六千五百是个完整的数目，非常精准正确，可以刚刚补好残天。女娲既是神明，她心里其实是雪亮的，但她存心要让一向正确的自己错他一次，要把一向精明的手段错他一点。"正确"，只应是对工作的要求，"错误"，才是她乐于留给自己的一道难题。她要看看那块多余的石头，究竟会怎么样往返人世，出入虚实，并且历经情劫。

就是这一点点的谬错，于是大荒山无稽崖青埂峰下，便有了一块顽石，而由于有了这块顽石，又牵出了日后的通灵宝玉。

整一部《红楼梦》，原来恰恰只是数学上三万六千五百分之一的差误而滑移出来的轨迹，并且逐步演化出一串荒唐幽眇的情节。世上的错误往往不美丽，而美丽又每每不错误，唯独运气好碰上"美丽的错误"才可以生发出歌哭交感的故事。

《水浒传》楔子里的铸错则和希腊神话"潘多拉的盒子"有些类似，都是禁不住好奇，去窥探人类不该追究的奥秘。

但相较之下，洪太尉"揭封"又比潘多拉"开盒子"复杂得多。他走到了三清殿的右廊尽头，发现了一座奇特神秘的建筑：门缝上交叉贴着十几道封纸，上面高悬着"伏魔之殿"四个字，据说从唐朝以来，八九代天师每一代都亲自再贴一层封条，锁孔里还灌了铜汁。洪太尉禁不住引诱，竟打烂了锁，撕了封条，踢倒大门，撞进去掘起石碣，搬走石龟，最后又扛起一丈见方的大青石板，这才看到下面原来是万丈深渊。刹那间，黑烟上腾，散成金光，激射而出。仅此一念之差，他放走了三十六员天罡星和七十二座地煞星，合共一百零八个魔王……

《水浒传》里一百零八个好汉便是这样来的。

那一番莽撞，不意冥冥中竟也暗合天道，早在天师的掐指计算中——中国故事至终总会在混乱无序里找到秩序。这一百零八个好汉毕竟曾使荒凉的年代有一腔热血，给邪曲的世道一副直心肠。中国的历史当然不该少了尧舜孔孟，但如果不是洪太尉伏魔殿那一搅和，我们就会失掉夜奔的林冲或醉打出山门的鲁智深，想来那也是怪可惜的呢！

洪太尉的胡闹恰似顽童推倒供桌，把袅袅烟雾中的时鲜瓜果散落一地，遂令天界的清供化成人间童子的零食。两相比照，我倒宁可看到洪太尉触犯天机，因为没有错误就没有故事——而没有故事的人生可怎么忍受呢？

一部《镜花缘》又是怎么样的来由？说来也是因为百花仙子犯了一点小小的行政上的错误，因此便有了众位花仙贬入凡尘的情节。犯了错，并且以长长的一生去弥补，这其实也正是大部分的人间故事吧！

也许由于是农业社会，我们的故事里充满了对四时以及对风霜雨露的时序的尊重。《西游记》里的那条老龙王为了跟人打赌，故意把下雨的时间延后两小时，把雨量减少三寸零八点，其结果竟是惨遭斩头。不过，龙王是男性，追究起责任来动用的是刑法，未免无情。说起来，女性仙子的命运好多了，中国仙界的女权向来相当高涨，除了王母娘娘是仙界的铁娘子以外，众女仙也各司要职。像"百花仙子"，担任的便是最美丽的任务。后来因为访友下棋未归，下达命令的系统弄乱了，众花在雪夜奉人间女皇帝之命提前齐开。这一番"美丽的错误"引致一种中国仙界颇为流行的惩罚方式——贬入凡尘。这种做了人的仙即所谓"谪仙"（李白就曾被人怀疑是这种身份）。好在她们的刑罚与龙王大不相同，否则如果也砍杀百花之头，一片红紫狼藉，岂不伤心！

百花既入凡尘，一个个身世当然不同，她们佻㒓美丽，不苟流俗，各自跨步走向属于她们自己的那一番人世历程。

这一段美丽的错误和美丽的罚法都好得令人艳羡称奇！

从比较文学的观点看来，有人以为中国故事里往往缺少叛逆英雄。像宙斯，那样弑父自立的神明，像雅典娜，必须拿斧头砍开父亲脑袋，自己才跳得出来的女神，在中国是不兴有的。就算捣蛋精的哪吒太子，一旦与父亲冲突，也万不敢"叛逆"，他只能"剔骨剜肉"以还父母罢了。中国的故事总是从一件小小的错误开端，诸如多炼了一块石头，失手打了一件琉璃盏，不是叛逆，是可以谅解的小过小犯，是失手，是大意，是一时兴起或一时失察。"叛逆"太强烈，那不是中国方式。中国故事里只有"错"，而"错"这个字既是"错误"之错，也是"交错"之错，交错不是什么严重的事，只是两人或两事交互的作用——在人与人的盘根错节间就算是错也不会怎么样。像百花之仙，待历经尘劫回来，依旧是仙，仍旧冰清玉洁、馥馥郁郁，仍然像掌理军机令一样准确地依时开花。就算在受刑期间，那也是一场美丽的受罚，她们是人间女儿，兰心蕙质，生当大唐盛世，个个"纵其才而横其艳"，直令千古以下，回首乍望的我忍不住意飞神驰。

年轻，有许多好处，其中最足以傲视人者莫过于"有本钱去错"。

年轻人犯错，你总得担待他三分——

　　有一次，我给学生定了作业，要他们每人念几十首诗，录在录音带里交来。有的学生念得极好，有的又念又唱，极为精彩，有的却有口无心。苏东坡的"一年好景君须记，正是橙黄橘绿时"，不知怎么回事，有好几个学生念成"一年好景须君记"，我听了，一面摇头莞尔，一面觉得也罢，苏东坡大约也不会太生气。本来的句子是"请你要记得这些好景致"，现在变成了"好景致得要你这种人来记"，这种错法反而更见朋友之间相知相重之情了。好景年年有，但是，得要有好人物来记才行呀！你，就是那可以去记住天地岁华美好面的我的朋友啊！

　　有时候念错的诗也自有天机欲泄，也自有密码可索，只要你有一颗肯接纳的心。

　　在中国，那些小小的差误，那些无心的过失，都有如偏离大道以后的岔路。岔路亦自有其可观的风景，"曲径"似乎反而理直气壮地可以"通幽"。错有错着，生命和人世在其严厉的大制约和惨烈的大叛逆之外，也何妨采中国式的小差错、小谬误或小小的不精确。让岔路可以是另一条大路的起点，容错误是中国式故事里急转直下的美丽情节。

白莲花

二月的冷雨浇湿了一街的路灯，诗诗。

生与死，光和暗，爱和苦，原来都这般接近。

而诗诗，这一刻，在待产室里，我感到孤独，我和你，在我们各人的世界里孤独，并且受苦。诗诗，所有的安慰，所有怜惜的目光为什么都那么不切实际？谁会了解那种疼痛，那种曲扭了我的身体，击碎了我的灵魂的疼痛，我挣扎，徒然无益地哭泣。诗诗，生命是什么呢？是崩裂自伤痕的一种再生吗？

雨在窗外，沉沉的冬夜在窗外，古老的炮仗在窗外，世界又宁谧又美丽，而我，诗诗，何处是我的方向？如果我死，这将是我躺过的最后一张床，洁白的，隔在待产室幔后的床。我留我的爱给你，爱是我的名字，爱是我的写真。有一天，当你走过蔓草荒烟，我便在那里向你轻声呼喊——以风声，以水响。

诗诗，黎明为什么这样遥远，我的骨骼在山崩，我的血液在倒流，我的筋络像被灼般地纠起，而诗诗，你在哪里？

他们推我入产房，诗诗，人间有比这更孤绝的地方吗？那只手被隔在门外——那终夜握着我的手，那多年前在月光下握着我的手。他的目光、他的祈祷、他的爱，都被关在外面，而我，独自步向不可测的命运。

所有的脸退去，所有的往事像一支被弃置的牧笛。室中间，一盏大灯俯向我仰起的脸，像一朵倒生的莲花，在虚无中燃烧着千层洁白。花是真，花是幻，花是一切，诗诗。

今夜太长，我已疲倦，疲于挣扎，我只想嗅嗅那朵白莲花，嗅嗅那亘古不散的幽香。

花是你，花是我，花是我们永恒的爱情，诗诗。

四月的迷迭香

似乎是四月，似乎是原野，似乎是蝶翅乱扑的花之谷。

"呼吸，深深地呼吸吧！"从遥远的地方，有那样温柔的声音传来。

我在何处，诗诗？疼痛渐远，我听见金属的碰撞声，我闻着那样沁人的香息。你在何处，诗诗？

"用力！已经看见头了！用力！"

诗诗，我是星辰，在崩裂中涣散。而你，诗诗，你是一颗全新的星，新而亮，你的光将照彻今夜。

诗诗，我望着自己，因汗和血而潮湿的自己，忽然感到十字架并不可怕，髑髅地并不可怕，荆棘冠冕并不可怕，孤绝并不可怕——如果有对象可以爱，如果有生命可为之奉献，如果有理想可前去流血。

"呼吸，深深地呼吸。"

何等的迷迭香，诗诗，我就浮在那样的花香里，浮在那样无所惧的爱里。

早晨已经来，万象寂然，宇宙重新回到太古，混沌而空虚，只有迷迭香，沁人如醉的迷迭香。诗诗，你在哪里？

我仍清楚地感到手术刀的宰割，我仍能感到温热的血在流，血，以及泪。

我仍感觉到我苦苦的等待。

歌手

像高悬的瀑布，你猝然离开了我。

"恭喜啊，是男孩。"

"谢谢。"我小声地说，安慰，而又悲哀。

我几乎可以听到他们剪断脐带的声音，我们的生命就此分割了，分割了，以一把利剪。诗诗，而今而后，虽然表面上我们将住在一个屋子里，我将乳养你，抱你，亲吻你，用歌声送你去每晚的梦中，但无论如何，你将是你自己了。你的眼泪、你的欢笑，都将与我无份，你将扇动你自己的羽翼，飞向你自己的晴空。

诗诗，可是我为什么哭泣，为什么我老想着要挽回什么？

世上有什么角色比母亲更孤单，诗诗？她们是注定要哭泣的。诗诗，容我牵你的手，让我们尽可能地接近。而当你飞翔时，容我站在较高的山头上，去为你担心每一片过往的云。

他们为什么不给我看你的脸，我疲惫地沉默着。但忽然，我听见你的哭。

那是一首诗，诗诗。

这是一种怎样的和谐呢？啼哭，却充满欢欣，你像你的父亲，有着美好的男高音嗓子，我一听就知道。

而诗诗，我的年幼的歌手，什么是你的主题呢？一些赞美？一些感谢？一些敬畏？一些迷惘？但不管如何，它们感动了我，那样简单的旋律。

诗诗，让你的歌持续，持续在生命的死寂中。诗诗，我们不常听到流泉，我们不常听到松风，我们不常有伯牙，不常有瓦格纳，但我们永远有婴孩。有婴孩的地方便有音乐，神秘而美丽，像传抄自重重叠叠的天外。

诗诗，歌手，愿你的生命是一支庄严的歌，有声，或者无声，去充满人心的溪谷。

丁大夫和画

丁大夫来自很远的地方，诗诗，很远很远的爱尔兰，你不曾知道他，他不曾知道你。当他还是一个吹着风笛的小男孩，他何尝知道半个世纪以后，他将为一个黑发黑睛的孩子引渡？诗诗，是一双怎样的手安排他成为你所见到的第一张脸孔？

他有多么好看的金发和金眉，他和善的眼神和红扑扑的婴儿般的脸颊，使人觉得他永远都在笑。

当去年初夏，他从化验室中走出来，对我说"恭喜你"的时候，我真想吻他的手。他明亮的浅棕色的眼睛里充满了了解和美善，诗诗，让我们爱他。

而今天早晨，他以钳子钳你巨大的头颅，诗诗，于是你就被带进世界。

当一切结束，终夜不曾好睡的他舒了一口气。有人在为我换干净的褥单，他忽然说："看啊，我可以到巴黎去，我画得比他们好。"满室的护士都笑了，我也笑，忽然，我才发现自己疲倦得有多么厉害。

他们把那幅画拿走了，那幅以我的血、我的爱绘成的画。诗诗，那是你所见的第一幅画，生和死都在其上，诗诗，此外不复有画。

推车，甜蜜的推车，产房外有忙碌的长廊，长廊外有既忧苦又欢悦的世界，诗诗。

丁大夫来到我的床边，和你愣然的父亲握手。

"让我们来祈祷。"他说，合上他厚而大的巴掌——那是医治者的掌，也是祈祷者的掌，我不知道我更爱他的哪一种掌。

> 上帝，我们感谢你，
> 因为你在地上造了一个新的人，
> 保守他，使他正直，
> 帮助他，使他有用。

诗诗，那时，我哭了。

诗诗，二十七年过去，直到今晨，我才忽然发现，什么是人；我才了解，什么是生存；我才彻悟，什么是上帝。

诗诗，让我们爱他，爱你生命中第一张脸，爱所有的脸——可爱的，以及不可爱的；圣洁的，以及有罪的；欢愉的，以及悲哀的。直爱到生命的末端，爱你黑瞳中最后的脸。

诗诗。

红樱

无端地，我梦见夹道的红樱。

梦中的樱树多么高、多么艳，我的梦遂像史诗中的特洛伊城，整个被燃着了，我几乎可以听见火焰的噼啪声。

而诗诗，我开一辆跑车，在山路上曲折而前。我觉得我在飞。

于是，我醒来，我仍躺在医院白得出奇的被褥上。那些樱花呢？那些整个春季里真正只能红上三五天的樱瓣呢？

因此就想起那些山水，那些花鸟，那些隔在病室之外的世界。诗诗，我曾狂热地爱过那一切，但现在，我却被禁锢，每天等待四小时一次的会面，等待你红于樱的小脸。

当你偶然微笑，我的心竟觉得容不下那么多的喜悦。所谓母亲，竟是那么卑微的一个角色。

但为什么，当我自一个奇特的梦中醒来，我竟感到悲哀。春花的世界似乎离我渐远了，那种悠然的岁月也向我挥手作别。而今而后，我只能生活在你的世界里，守着你的摇篮，等待你学步，直到你走出我的视线。

我闭上眼睛，想再梦一次樱树——那些长在野外、临水自红的樱树，但它们竟不肯再来了。

想起十六岁那年，站在女子中学的花园里所感到的眩晕。那年春天，波斯菊开得特别放浪，我站在花园中间，四望皆花，真怕自己会被那些美所击昏。

而今，诗诗，青春的梦幻渐渺，余下唯一比真实更真实，比美善更美善的，那就是你。但诗诗，你是什么呢？是我多梦的生命中最后的一梦吗？

祝福那些仍眩晕在花海中的少年，我也许并不羡慕他们。但为什么？诗诗，我感到悲哀，在白贝壳般的病房中，在红樱亮得人眼花的梦后。

在静夜里

你洞悉一切，诗诗，虽然言语于你仍陌生。而此刻，当你熟睡如谷中无风处的小松，让我的声音轻掠过你的梦。

如果有人授我以国君之荣，诗诗，我会退避，我自知并非治世之才。如果有人加我以学者之尊，我会拒绝，诗诗，我自知并非渊博之士。

但有一天，我被封为母亲，那荣于国君、尊于学者的地位，我竟接受，诗诗。因此当你的生命在我的腹中被证实，我便惶然，如同我所孕育的不只是一个婴儿，还是一个宇宙。

世上有何其多的女子，敢于自卑一个母亲的位分，这令我惊奇，诗诗。

我曾努力于做一个好的孩子，一个好的学生，一个好的教师，一个好的人。但此刻，我知道，我最大的荣誉将是一个好的母亲。

当你的笑意，在深夜秘密的梦中展现，我就感到自己被加冕。而当你哭，闪闪的泪光竟使东方神话中的珠宝全为之失色；当你的小膀臂如萝藤般缠绕着我，每一个日子都是神圣的母亲节；当你晶然的小眼望着我，遍地都开着五月的康乃馨。

因此，如果我曾给你什么，我并不知道。我只知道，你给我的令我惊奇，令我欢悦，令我感戴。

想象中，如果有一天你已长大，大到我们必须陌生，必须误解，那将是怎样的悲哀！故此，我们将尽力去了解你、认识你，如同岩滩之于大海。我愿长年地守望你，熟悉你的潮汐变幻，了解你的每一拍波涛。我将尝试着同时去爱你那忧郁沉静的蓝和纯洁明亮的白——甚至风雨之夕的灰浊。

如果我的爱于你成为一种压力，如果我的态度过于笨拙，那么，请你原谅我，诗诗，我曾诚实地期望为你做最大的给付，我曾幻想你是世间最幸福的孩童。如果我没有成功，你也足以自豪。

我从不认为"天下无不是的父母"，如果让全能者来裁判，婴儿永远纯洁于成人。如果我们之间有一人应向另一人学习，那便是我。帮助我，孩子，让我自你学习人间的至善。我永不会要求你顺承我，或者顺承传统，除了造物者自己，大地上并没有值得你顶礼膜拜的金科玉律。世间如果有真理，那真理自在你的心中。

若我有所祈求，若我有所渴望，那便是愿你容许我更多地爱你，并容许我向你支取更多的爱。在这无风的静夜里，愿我的语言环绕你，如同远远近近的小山。

如果你是天使

如果你是天使，诗诗，我怎能想象如果你是天使。

若是那样，你便不会在夜静时啼哭，用那样无助的声音向我说明你的需要，我便不会在寒冷的冬夜里披衣而起，我便无法享受拥你在我的双臂中，眼见你满足地重新进入酣睡的快乐。

如果你是天使，诗诗，你便不会在饥饿时转动你的颈子，噘着小嘴急急地四下索乳。诗诗，你永不知道，你那小小的动作怎样感动着我的心。

如果你是天使，在每个宁馨的午觉后，你便不会悄无声息地爬上我的大床，攀着我的脖子，吻我的两颊，并且咬我的鼻子，弄得我满脸唾津，而诗诗，我是爱这一切的。

如果你是天使，你不会钻在桌子底下，你便不会弄得满手污黑，你便不会把墨水涂得一脸，你便不会神通广大地把不知何处弄到的油漆抹得一身，但，诗诗，每当你这样做时，你就比平常可爱一千倍。如果你是天使，你便不会扶着墙跌跌撞撞地学走路，我便无缘享受倒退着逗你前行的乐趣。而你，诗诗，每当你能够多走几步，你便笑倒在地，你那毫无顾忌的大笑，震得人耳麻，天使不会这些，不是吗？

并且，诗诗，天使怎会有属于你的好奇，天使怎会蹲在地上看一只细小的黑蚁，天使怎会在春天的夜晚讶然地用白胖的小手，指着满天的星月，天使又怎会没头没脑地去追赶一只笨拙的鸭子，天使怎会热心地模仿邻家的狗吠，并且学得那么酷似。

当你做坏事的时候，当你伸手去拿一本被禁止的书，当你蹑着脚走近花钵，你那四下转动眼球的神色又多么令人绝倒，天使从来不做坏事，天使温顺的双目中永不会闪过你做坏事时那种可爱的贼亮，因此，天使远比你逊色。

而每天早晨，当我拿起手提包，你便急急地跑过来抱住我的双腿，你哭喊、你撕抓，做无益的挽留——你不会如此的，如果你是天使。但我宁可你如此，虽然那是极伤感的时刻，但当我走在小巷里，你那没有掩饰的爱便使我哽咽而喜悦。

如果你是天使，诗诗，我便不会听到那样至美的学话的"呀呀"，我不会因听到简单的"爸爸""妈妈"而泫然，我不会因你说了串无意义的音符便给你那么多亲吻，我也不会因你在"爸妈"之外，第一个会说的字是"灯"，便肯定灯是世间最美丽的东西。

如果你是天使，你绝不会唱那样难听的歌，你也不会把小钢琴敲得那么刺耳，不会撕坏刚买的图画书，不会扯破新买的衣服，不会摔碎妈妈心爱的玻璃小鹿，不会因为一件不顺心的事而乱蹬着两条结棍的小腿，并且把小脸涨得通红。但为什么你那小小的坏事使我觉得可爱，使我预感到你性格中的弱点，因而觉得我们的接近，并且因而觉得有宠爱你的必要。

也许你会有更清澈的眼睛，有更红嫩的双颊，更美丽的金发和更完美的性格——如果你是天使。但我不需要那些，我只满意于你，诗诗，只满意于人间的孩童。

让天使们在碧云之上鼓响他们快乐的翅，我只愿有你，在我的梦中，在我并不强壮的臂膀里。

贝展

让我们去看贝壳展览，诗诗，让我们去看那光彩的属于海上的生命。

而海，诗诗，海多么遥远，那吞吐着千浪的海，那潜藏着鱼龙的海，那使你母亲的梦境为之芬芳的海。

海在何处？诗诗，它必是在千山之外，我已久违了那裂岸的惊涛，我已遗忘了那溺人的柔蓝，眼前只有贝，只有博物馆灯下的彩晕向我见证那澎湃的所在。

诗诗！这密雨的初夏，因一室的贝壳而忧愁了，那些多色的躯壳，似乎只宜于回响一首古老的歌，一段被人遗忘的诗。但人声嘈杂，人潮汹涌，有谁回顾那曾经蠕动的生命，有谁怜惜那永不能回到海中的旅魂？

而你，你童稚的黑睛中只曾看见彩色的斑斓，那些美丽于你似乎并不惊奇，所有的美好，在你都是一种必然，因你并不了解丑陋为何物。丑陋远在你的经验之外。

从某一个玻璃柜旁走过，我突然驻足不前，那收藏者的名字乍然刺痛了我，那曾经响亮的名字，如今竟被压在一列寂寞的贝壳之下，记得他中年后仍炯然的双目，他的多年来仍时常夹着激愤的声音，但数年不见，何图竟在冷冷的玻璃板下遇见他的名字，想着他这些年的岁月，心中便凄然，而诗诗，你不会懂得这些——当然，也许有一天你会懂。啊，想到你会懂，我便欲哭。当初我的母亲何尝料到我会懂这一切，但这一天终会来的，伊甸园的篱笆终会倾倒。

且让我们看这些贝，诗诗，这些空洞的躯壳多么像一畦春花，明艳而闪烁。看那碎红，看那皎白，看那沉紫，看那腻黄，诗诗，看那悲剧性的生命。

六月的下午，诗诗，站在千形的贝前，我们怎得不垂泪，为死去的贝，为老去的拾贝人，为逸去的恋海的梦。

诗诗，不要抬起你惊异的小眼，不要探询，且把玩这一枚我为你买的透明的小贝。有一天，或许一天，我们把它带回海边，重放它入那一片不损不益的明蓝。

蝉鸣季

七月了，诗诗。蝉鸣如网，撒自古典的蓝空，蝉鸣破窗而来，染绿了我们的枕席。

诗诗，你的小嘴吱然作声，那么酷似地模仿着，像模仿什么美丽的咏叹调。而诗诗，蝉在何处？在尤加利最高的枝梢上，在晴空最低的流云上，抑或在你常红的两唇上。

而当你笑，把七月的绚丽，垂挂在你细眯的眼睫外，你可曾想及那悲剧的生命，那十几年在地下，却只留一夏在南来的熏风中的蝉？而当它歌唱，我们焉知那不是一种深沉的静穆？

蝉鸣浮在市声之上，蝉鸣浮在凌乱的楼宇之上，蝉鸣是风，蝉鸣是止不住的悲悯。诗诗，让我们爱这最后的、挣扎在城市里的音乐。

曾有一天黄昏，诗诗，曾有一天黄昏，你的母亲走向阳明山半山的林荫里，年轻人的营地里有一个演讲会。一折入那鼓着山风的小径，她的心便被回忆夺去。十年了，小径如昔，对面观音山的霞光如昔，千林的蝉声如昔。但十年过去，十年前柔蓝的长裙不再，十年前的马尾结不再，诗诗，我该坦然，或是驻足太息。

那一年，完整的四个季节，你的母亲便住在这山上，杜鹃来时，女孩子的梦便对着穿户的微云绽开。那男孩总是从这条山径走来——那男孩，诗诗，曾和你母亲在小径上携手的，会和你母亲在山泉中濯足的，现在每天黄昏抱你在他的膝上，让你用白蚕似的小指头去探他的胡楂。

诗诗，蝉声翻腾的小径上，十年便如此飞去。诗诗，那男孩和那女孩的往事被吹在茫然的晚风里，美丽，却模糊——如同另一个山头的蝉鸣。

偶低头，一只尚未蜕皮的蝉正笨拙地走向相思林，微温的泥沾在它身上，有一种说不出的动人。

她，你的母亲，或者说那女孩吧——我并不知道她是谁——把它捡起。

它的背上裂着一条神秘的缝，透过那条缝，壳将死，蝉将生，诗诗，蝉怎能不是一首诗？

那天晚上，灯下的蝉静静地展示出它黑艳的身躯，诗诗，这是给你的。诗诗，蝉声恒在，但我们只能握着今岁的七月，七月的风，风中的蝉。

七月一过，蝉声便老。熏风一过，蝉便不复是蝉，你不复是你。诗诗，且让我们听长夏欢悦而惆怅的咏叹词，听这生命的神秘跫音，响自这城市中最后的凉柯。

花担

诗诗，春天的早晨，我看见一个女人沿着通往城市的路走来。

她以一根扁担，担着两筐子花。诗诗你能不惊呼吗？满满两大筐水晶一般硬挺而透明的春花。

一筐在前，一筐在后，她便夹在两筐璀璨之间。半截青竹剖成的扁担微作弓形，似乎随时都准备要射发那两筐箭镞般的待放的春天。

淡淡的清芬随着她的脚步，一路散播过来。当农人在水田里插那些半吐的青色秧针，她便在黑柏油的路上插下恍惚的香气。诗诗，让我们爱那些香气，从春泥中酿成的香气。

当她行近，诗诗，当她的脸骤然像一张距离太近的画贴近我时，我突然怔住了。汗水自她的额际流下，将她的土布衫子弄湿了。我忍不住自责，我只见到那些缤纷的彩色，但对她而言，那是何等的负荷，她吃力地走着，并不强壮的肩膀被压得微微倾斜。

诗诗，生命是一种怎样的负担？

当她走远，我仍立在路旁，晨露未晞，青色的潮意四面环绕着我们。诗诗，我迷惘地望着她和她，那逐渐没入市尘的模糊的花担。

她是快乐的呢，还是痛苦的？

诗诗，担着那样的担子是一种怎样的感觉呢？走这样的一段路又是怎样的一段路呢？想着想着，我的心再度自责，我没有资格怜悯她，我只该有敬意——对负重者的敬意。

那天早晨，当我们从路旁走开，我忽然感到那担子的重量也压在我的两肩上。所有美丽的东西似乎总是沉重的——但我们的痛苦便是我们的意义，我们的负荷便是我们的价值。诗诗，世上怎能有无重量的鲜花？人间怎能有廉价的美丽？

诗诗，且将你的小足举起，让我们沿着那女人走过的路回去。诗诗，当你的脚趾初履大地的那一天，荆棘和碎石便在前路上埋伏着了。诗诗，生命的红酒永远榨自破碎的葡萄，生命的甜汁永远来自压干的蔗茎。今年春天，诗诗，今年春天让我们试着去了解，去参透。诗诗，让我们不再祈祷自己的双肩轻松，让我们只祈祷我们挑着的是满筐满篓的美丽。

诗诗，愿今晨的意象常在我们心中，如同光热常在春阳中。

第一首诗

诗诗，冬天的黄昏，雨的垂帘让人想起江南，你坐在我的膝上，美好的宽额有如一块湿润的白玉。于是，开始了我们的第一首诗：

床前明月光，
疑是地上霜。
举头望明月，
低头思故乡。

诗诗，简单的字，简单的旋律，只两遍，你就能上口了。你高兴地嚷着，把它当成一首新学会的歌，反复地吟诵，不满两岁的你竟能把抑扬顿挫控制得那么好。

满城的灯光像秋后的果实，一枚枚地在窗外亮了起来，我却木然地垂头，让泪水在渐沉的暮霭中纷落。

诗诗，诗诗，怎样的一首诗，我们的第一首诗。在这样凄惶的异乡黄昏，在窗外那样陌生的棕榈树下，我们开始了生命中的第一首诗，那样美好又那样哀伤的绝句。

八岁，来到这个岛上，在大人的书堆里搜出一本唐诗，糊里糊涂地背了好些，日子过去，结了婚，也生了孩子，才忽然了解什么是乡愁。

想起那一年，被爷爷带着去散步，走着走着，天蓦地黑了，我焦急地说："爷爷，我们回家吧！"

"家？不，那不是家，那只是寓。"

"寓？"我更急了，"我们的家不是家吗？"

"不是，人只有一个家，一个老家，其他的地方都是寓。"

如果南京是寓，新生南路又是什么？诗诗，请停止念诗吧，客中的孤馆无月也无霜。我不明白我为什么在冬日的黄昏里想起这首诗，更不明白为什么把它教给稚龄的你。诗诗，故乡是什么，你不会了解，事实上，连我也不甚了解。除了那些模糊的记忆，我只能向古籍中去体认那"三秋桂子"的故国，那"十里荷香"的故国。但于你呢？永忘不了那天你在客人面前表演完了吟诗，忽然被突来的问题弄乱了手脚。

"你的故乡在哪里？"你急得满房子乱找，后来又宽慰地拍着口袋说："在这里。"满堂的笑声中我却忍不住地心痛如绞。

在哪里呢？诗诗，一水之隔，一梦之隔，在哪里呢？

诗诗，当有一天，当你长大，当你浪迹天涯，在某一个月如素练的夜里，你会想起这首诗。那时，你会低首无语，像千古以来每个读这首诗的人。那时候，你的母亲又将安在？她或许已合上那忧伤多泪的眼，或许仍未合上，但无论如何，她会记得，在那个宁静的冬日黄昏，她曾抱你在膝上，一起轻诵过那样凄绝的句子。

让我们念它，诗诗，让我们再念：

床前明月光，
疑是地上霜。
举头望明月，
低头思故乡。

孤意与深情

我和俞大纲老师的认识是颇为戏剧性的，那是八年前，我去听他演讲，活动是李曼瑰老师办的，地点在话剧欣赏演出委员会，地方小，到会的人也少，大家听完了也就零零落落地散去了。

但对我而言，那是个截然不同的晚上，也不管夜深了，我走上台去找他，连自我介绍都省了，就留在李老师办公室那套破旧的椅子上继续向他请教。

俞老师是一个谈起话来就没有时间观念的人，我们愈谈愈晚，后来他忽然问了一句："你在什么学校？"

"东吴——"

"东吴有一个人，"他很起劲地说，"你去找她谈谈，她叫张晓风。"

我一下愣住了，原来俞老师竟知道我而器重我，这么大年纪的人也会留心当代文学，我当时的心情简直兴奋得要轰然一声烧起来，可惜我不是那种深藏不露的人，我立刻就忍不住告诉他，我就是张晓风。

　　然后他告诉我，他喜欢我的散文集《地毯的那一端》，认为深得中国文学中的阴柔之美，我其实对自己早期的作品很羞于启齿，由于年轻和肤浅，我把许多好东西写得糟极了，但被俞老师在这种情形下无心地盛赞一番，仍使我窃喜不已。

　　接着又谈了一些话，他忽然说："白先勇你认识吗？"

　　"认识。"那时候他刚好约我在他的晨钟出版社出书。

　　"他的《游园惊梦》有一点小错，"他很认真地说，"吹腔，不等于昆曲，下回告诉他改过来。"

　　我真的惊讶于他的细腻。

　　后来，我就和其他年轻人一样，理直气壮地穿过怡太旅行社业务部而直趋他的办公室里聊起天来。

　　"办公室"设在馆前路，天晓得俞老师用什么时间办"正务"，总之那间属于怡太旅行社的办公室，时而是戏剧研究所的教室，时而又似乎是振兴戏剧委员会的免费会议厅，有时是某个杂志的顾问室……总之，印象里满屋子全是人，有的人来晚了，到外面再搬把椅子将自己挤进来，有的人有事便径自先离去，前前后后，川流不息，仿佛开着流水席，反正任何人都可以在这里做学术上的或艺术上的打尖。

也许是缘于我的自私，我自己虽也多次从这类当面和电话聊天中得到许多好处，但我却并不赞成俞老师如此无日无夜地来者不拒。我固执地认为，不留下文字，其他都是不可信赖的，即使是嫡传弟子，复述自己言论的时候也难免有失实之处，这话不好直说，我只能间接催老师。

"老师，您的平剧（京剧）剧本应该抽点时间整理出来发表。"

"我也是这样想呀！"他无奈地叹了口气，"我每次一想到发表，就觉得到处都是缺点，几乎想整个重新写过——可是，心里不免又想，唉，既然要花那么多工夫，不如干脆写一本新的……"

"好啊，那就写一本新的！"

"可是，想想旧的还没有修整好，何必又弄新的？"

唉，这真是可怕的循环。我常想，世间一流的人才往往由于求全心切，反而没有写下什么，大概执着笔的，多半是二流以下的角色。

老师去世后，我忍不住有几分生气，世间有些胡乱出版的人是"造孽"，但惜墨如金，竟至不立文字，则对晚辈而言近乎"残忍"，对"造孽"的人历史还有办法，不多久，他们的油墨污染便成陈迹，但不勤事写作的人连历史也对他们无可奈何。倒是一本《戏剧纵横谈》在编辑的半逼半催下以写随笔的心情反而写出来了，算是不幸中的小幸。

有一天和尉素秋先生谈起，她也和我持一样的看法，她说："唉，每天看讣闻都有一些朋友是带着满肚子学问而死的——可惜了。"

老师在世时，我和他虽每有会意深契之处，但也有不少时候，老师坚持他的看法，我则坚持我的。如果老师今日复生，我第一件急于和他辩驳的事便是坚持他至少要写两部书，一部是关于戏剧理论的，另一部则应该至少包括十个平剧剧本，他不应该只做我们这一代的老师，他应该做以后很多年轻人的老师……

对于我的戏剧演出，老师的意见也甚多，不论是"灯光""表演""舞台设计"，还是"舞蹈"，他都"有意见"。事实上俞老师是个连对自己都"有意见"的人，他的可爱正在他的"有意见"。他的意见有的我同意，有的我不同意，但无论如何，我十分感动于每次演戏他必然来看的关切，而且还让怡太旅行社为我们的演出特别赞助一个广告。

老师说对说错表情都极强烈，认为正确时，他会一迭声地说："对——对——对——对——"

每一个"对"字都说得清晰、缓慢、悠长，而且几乎等节拍；认为不正确时，他会嘿嘿而笑，摇头，说："完全不对，完全不对……"

令我惊讶的是老师完全不赞同比较文学，记得我第一次试着和他谈谈一位学者所写的关于元杂剧的悲剧观，他立刻拒绝了，并且说："晓风，你要知道，东方和西洋是完全不同的，完全不同的，一点相同的都没有！"

"好，"我不服气，"就算比出来的结果是'一无可比'，也是一种比较研究啊！"

可是老师不为所动，他仍坚持中国的戏就是中国的戏，没有比较的必要，也没有比较的可能。

"举例而言，"好多次以后我仍不死心，"莎士比亚和中国的悲剧里在最严肃最正经的时候，却常常冒出一段科诨——而且，常常还是黄色的。这不是十分相似的吗？"

"那是观众都是新兴的小市民的缘故。"

奇怪，老师肯承认它们相似，但他仍反对比较文学。后来，我发觉俞老师和其他一些年轻人在各方面的看法也每有不同，到头来各人还是保持了各人的看法，而师生，也仍然是师生。

有一阵，报上猛骂一个人，简直像打落水狗，我打电话请教他的意见，其实说"请教"是太严肃了些，俞老师自己反正只是和人聊天（他真的聊了一辈子天，很有深度而又很活泼的天），他绝口不提那人的"人"，却盛赞那人的文章，说："自有白话文以来，能把旧的诗词套用得那么好，能把固有的东西用得那么高明，此人当数第一！"

"是'才子之笔'对吗？"

"对，对，对。"

他又赞美他取譬喻取得委婉贴切。放下电话，我感到什么很温暖的东西，我并不赞成老师说他是白话文的第一高手，但我喜欢他那种论事从宽的胸襟。

我又提到一个骂那人的人。

"我告诉你，"他忽然说，"大凡骂人的人，自己已经就受了影响了，骂人的人就是受影响最深的人。"

我几乎被这怪论吓了一跳，一时间也分辨不出自己同不同意这种看法，但细细推想，也不是毫无道理。俞老师凡事愿意退一步想，所以海阔天空竟成为很自然的事了。

最后一次见老师是在文艺中心，那晚演上本《白蛇传》，休息的时候才看到老师和师母原来也来了。

师母穿一件枣红色的曳地长裙，衬得银发发亮。师母一向清丽绝俗，那晚看起来比平常更为出尘。

不知为什么，我觉得老师脸色不好。

"《救风尘》写了没？"我乘机上前去催问老师。

老师曾告诉我，他极喜欢元杂剧《救风尘》，很想将之改编为平剧，其实这话说了也有好几年了。

"大家都说《救风尘》是喜剧，"他曾感叹地说，"实在是悲剧啊！"

几乎每隔一段时间，我总要提醒俞老师一次《救风尘》的事，我自己极喜欢那个戏。

"唉——难啊——"

俞老师的脸色真的很不好。

"从前有位赵老师给我打谱——打谱太重要了，后来赵先生死了，现在要写，难啊，平剧——"

我心里不禁悲伤起来，作词的人失去了谱曲的人固然悲痛，但作词的人自己也不是永恒的啊！

"这戏写得好，"他把话题拉回《白蛇传》，"是田汉写的。"

"明天我不来了！"老师又说。

"明天下半本比较好啊！"

"这戏看了太多遍了。"老师说话中透露出显然的疲倦。

我不再说什么。

后来，就在报上看到老师的死。老师患先天性心脏肥大症多年，原来也就是随时可以撒手的。前不久他甚至在计程车上突然失去记忆，不知道回家的路。如果从这些方面来看，老师的心脏病突发，倒是我们可能预期的最幸福的死了。

悲伤的是留下来的师母和一切承受过他关切和期望的年轻人，我们有多长的一段路要走啊！

老师生前喜欢提及明代一位女伶楚生，说她"孤意在眉，深情在睫"，"孤意"和"深情"原来是矛盾的，却很微妙地也是一个艺术家必要的一种矛盾。

老师死后，我忽然觉得老师自己也是一个有其"孤意"有其"深情"的人，他执着于一个绵邈温馨的中国，他的孤意是一个读书人对传统的悲痛和叹息，而他的深情，使他容纳接受每一股昂扬冲激的生命，因而使自己更其波澜壮阔，浩瀚森森……

秋千上的女子

楔子

我在备课——这样说有点吓人，仿佛有多模范似的，其实也不是，只是把秦少游的词在上课前多看两眼而已。我一向觉得少游词最适合年轻人读：淡淡的哀伤，怅怅的低喟，不需要什么理由就愁起来的愁，或者未经规划便已深深坠入的情劫……

"秋千外，绿水桥平。"

啊，秋千，学生到底懂不懂什么叫秋千？他们一定自以为懂，但我知道他们不懂，要怎样才能让学生明白古代秋千的感觉？

这时候，电话响了，索稿的——紧接着，另一通电话又响了，是有关淡江大学"女性书写"研讨会的。再接着是东吴校庆筹备组规定要交散文一篇，似乎该写点"话当年"的情节，催稿人是我的学生张曼娟，使我这犯规的老师惶惶无词……

然后，糟了，由于三案并发，我竟把这几件事想混了，秋千，女性主义，东吴读书，少年岁月，黏合为一，撕扯不开……

汉族，是个奇怪的族类，他们不但不太擅长唱歌或跳舞，就连玩，好像也不太会。许多游戏，都是西边或北边传来的——也真亏我们有这些邻居，我们因这些邻居而有了更丰富多样的水果、嘈杂凄切的乐器、吞剑吐火的幻术……以及，哎，秋千。

在台湾，每所小学，都设有秋千架吧？大家小时候都玩过它吧？

但诗词里的"秋千"却是另外一种，它们的原籍是"山戎"，据说是齐桓公征伐山戎的时候顺便带回来的。想到齐桓公，不免精神为之一振，原来这小玩意儿来中国的时候，正当先秦诸子的黄金年代。孔子没提过秋千，孟子也没有。但孟子说过一句话："咱们儒家的人，才不去提他什么齐桓公晋文公之流的家伙。"

既然瞧不起齐桓公，大概也就瞧不起他征伐胜利后带回中土的怪物秋千了！

但这山戎身居何处呢？山戎在春秋时代在河北省的东北方，现在叫作迁安市的一个地方。这地方如今当然早已是长城里面的版图了，它位于山海关和喜峰口之间，和避暑胜地北戴河同纬度。

而山戎又是谁呢？据说便是后来的匈奴，更后来叫胡，似乎也可以说，就是以蒙古为主的北方异族。汉人不怎么有兴趣研究胡人家世，叙事起来不免草草了事。

有机会我真想去迁安市走走，看看那秋千的发祥地是否有极高大夺目的漂亮秋千，而那里的人是否身手矫健，可以把秋千荡得特别高，特别恣纵矫健——但恐怕也未必，胡人向来决不"安于一地"，他们想来早已离开迁安市。"迁安"两字顾名思义，是鼓励移民的意思，此地大概早已塞满无所不在的汉人移民。

唉，我不禁怀念起古秋千的风情来了。

《荆楚岁时记》上说："秋千，本北方山戎之戏，以习轻趫，后中国女子学之，楚俗谓之施钩，《涅槃经》谓之罥索。"

《开元天宝遗事》则谓："天宝宫中，至寒食节，竞竖秋千，令宫嫔辈戏笑以为宴乐，帝呼为半仙之戏，都中士民因而呼之。"

《事物纪原》也引《古今艺术图》谓："北方戎狄爱习轻趫之态，每至寒食为之，后中国女子学之，乃以彩绳悬树立架，谓之秋千。"

这样看来，秋千，是季节性的游戏，在一年最美丽的季节——暮春寒食节（也就是我们的春假日）举行。

试想在北方苦寒之地，忽有一天，春风乍至，花鸟争喧，年轻的心一时如空气中的浮丝游絮飘飘扬扬，不知所止。

于是，他们想出了这种游戏，这种把自己悬吊在半空中来进行摆荡的游戏，这种游戏纯粹呼应着春天来时那种摆荡的心情。当然也许和丛林生活的回忆有关。荡秋千多少有点像泰山玩藤吧？

然而，不知为什么，事情传到中国，荡秋千竟成为女子的专利。并没有哪一条法令禁止中国男子玩秋千，但在诗词中看来，荡秋千的竟全是女孩。

也许因为初传来时只有宫中流行，宫中男子人人自重，所以只让宫女去玩，玩久了，这种动作竟变成女性世界里的女性动作了。

宋明之际，礼教的势力无远弗届，汉人的女子，裹着小小的脚，蹭蹭在深深的闺阁里，似乎只有春天的秋千游戏，可以把她们荡到半空中，让她们的目光越过自家修筑的铜墙铁壁，而望向远方。

那年代男儿志在四方，他们远戍边荒，或者，至少也像司马相如，走出多山多岭的蜀郡，在通往长安的大桥桥柱上题下：

不乘高车驷马，不复过此桥。

然而女子，女子只有深深的闺阁，深深深深的闺阁，没有长安等着她们去考功名，没有拜将台等着她们去封诰，甚至没有让严子陵归隐的"登云钓月"的钓矶等着她们去度闲散的岁月（"登云钓月"是苏东坡题在一块大石头上的字，位置在浙江富阳[1]，相传那里便是

---

[1] 如今为杭州的市辖区——富阳区。——编者注

严子陵钓滩）。

我的学生，他们真的会懂秋千吗？她们必须先明白身为女子便等于"坐女监"。所不同的是，有些监狱窄小湫隘，有些监狱华美典雅。而秋千却给了她们合法的越狱权，她们于是看到远方，也许不是太远的远方，但毕竟是狱门以外的世界。

秦少游那句"秋千外，绿水桥平"，是从一个女子眼中看春天的世界。秋千让她把自己提高了一点点，秋千荡出去，她于是看见了春水。春水明艳，如软琉璃，而且因为春冰乍融，水位也抬高了，那女子看见什么？她看见了水的颜色和水的位置，原来水位已经平到桥面去了！

墙内当然也有春天，但墙外的春天却更奔腾恣纵啊！那春水，是一路要流到天涯去的水啊！

只是一瞥，在秋千荡高去的那一刹那，世界便迎面而来。也许视线只不过以两公里为半径，向四面八方扩充了一点点，然而那一点是多么令人难忘啊！人类的视野不就是那样一点点地拓宽的吗？女子在那如电光石火的刹那窥见了世界和春天。而那时候，随风飘扬的，又岂止是她绣花的裙摆呢？

众诗人中似乎韩偓是最刻意描述美好的"秋千经验"的。他的《秋千》一诗是这样写的：

池塘夜歇清明雨，

绕院无尘近花坞。

五丝绳系出墙迟，

力尽才瞵见邻圃。

下来娇喘未能调，

斜倚朱阑久无语。

无语兼动所思愁，

转眼看天一长吐。

其中形容女子荡完秋千"斜倚朱阑久无语""无语兼动所思愁"，颇耐人寻味。"远方"，也许是治不愈的痼疾，"远方"总是牵动"更远的远方"。诗中的女子用极大的力气把秋千荡得极高，却仅仅只见到邻家的园圃。然而，她开始无语哀伤，因为她竟因而牵动了"乡愁"——为她所不曾见过的"他乡"所兴起的乡愁。

韦庄的诗也爱提秋千，下面两句景象极华美：

紫陌乱嘶红叱拨（红叱拨是马名），

绿杨高映画秋千。（《长安清明》）

好是隔帘花影动，

女郎撩乱送秋千。（《寒食城外醉吟》）

第一例里短短十四字，便有四个跟色彩有关的字，血色名马骄嘶而过，绿杨丛中有精工绘画的秋千……

第二例却以男子的感受为主，诗词中的男子似乎常遭秋千"骚扰"，秋千给了女子"一点点坏之必要"（这句型，当然是从痖弦诗里偷来的），荡秋千的女子常会把男子吓一跳，她是如此临风招展，又完全"不违礼俗"。她的红裙在空中画着美丽的弧，那红色真是既奸又险，她的笑容晏晏，介乎天真和诱惑之间，她在低空处飞来飞去，令男子不知所措。

张先的词：

> 那堪更被明月，
> 隔墙送过秋千影。

说的是一个被邻家女子深夜荡秋千所折磨的男子。那女孩的身影被明月送过来，又收回去，再送过来，再收回去……

似乎女子每多一分自由，男子就多一分苦恼。写这种情感最有趣的应该是东坡的词：

> 墙里秋千墙外道。
> 墙外行人，墙里佳人笑。

笑渐不闻声渐悄。

多情却被无情恼。

由于自己多情，便嗔怪女子无情，其实也没什么道理。荡秋千的女子和众女伴嬉笑而去，才不管墙外有没有痴情人在痴立。

使她们愉悦的是春天，是身体在高下之间摆荡的快意，而不是男人。

韩偓的另一首诗提到的"秋千感情"又更复杂一些：

想得那人垂手立，

娇羞不肯上秋千。

似乎那女子已经看出来，在某处，也许在隔壁，也许在大路上，有一双眼睛，正定定地等着她，她于是僵在那里，甚至不肯上秋千，并不是喜欢那人，也不算讨厌那人，只是不愿让那人得逞，仿佛多称他的心似的。

众诗词中最曲折的心意，也许是吴文英的那句：

黄蜂频扑秋千索，

有当时，纤手香凝。

由于看到秋千的丝绳上，有黄蜂飞扑，他便解释为荡秋千的女子当时手上的香已在一握之间凝聚不散，害黄蜂以为那绳索是一种可供采蜜的花。

啊，那女子到哪里去了呢？在手指的香味还未消失之时，她竟已不知去向。

啊！跟秋千有关的女子是如此挥洒自如，仿佛云中仙鹤不受束缚，又似月里桂影，不容攀折。

然而，对我这样一个成长于二十世纪中期的女子，读书和求知才是我的秋千吧？握着柔韧的丝绳，借着这短短的半径，把自己大胆地抛掷出去。于是，便看到墙外美丽的清景：也许是远岫含烟，也许是新秧翻绿，也许雕鞍上有人正起程，也许江水带来归帆……世界是如此富艳难踪，而我是那个在一瞥间得以窥伺大千的人。

"窥"字其实是个好字，孔门弟子不也以为他们只能在墙缝里偷看一眼夫子的深厚吗？是啊，是啊，人生在世，但让我得窥一角奥义，我已知足，我已知恩。

我把从《三才图会》上影印下来的秋千图戏剪贴好，准备做成投影片给学生看，但心里却一直不放心，他们真的会懂吗？真的会懂吗？曾经，在远古的年代，在初暖的熏风中，有一双足悄悄踏上板架，有一双手，怯怯握住丝绳，有一颗心，突地向半空中荡起，荡起，随着花香，随着鸟鸣，随着迷途的蜂蝶，一起去探询春天的资讯。

卓文君和她的一文铜钱

下午的阳光意外地和暖，在多烟多瘴的蜀地，这样的冬日也算难得了。

药香微微，炉火上氤氲着朦胧的白雾。那男子午寐未醒，一只小狗偎着白发妇人的脚边打盹。

这么静。

妇人望着榻上的男子，这个被"消渴之疾"所苦的老汉（古人称糖尿病为消渴之疾），他手脚细瘦，肤色暗败，她用目光爱抚那衰残的躯体。

一生了，一生之久啊！

"这男人是谁呢？"老妇人卓文君支颐倾视自问。

记忆里不曾有这样一副面孔，他的头发已秃，颈项上叠着像骆驼一般的赘皮。他不像当年的才子司马相如，倒像司马相如的父亲或祖父。年轻时候的司马虽非美男子，但肌肤坚实，顾盼生姿，能将一把琴弹得曲折多情如一腔幽肠。他又善剑，琴声中每有剑风的清扬枭健。又仿佛那琴并不是什么人制造的什么乐器，每根琴弦，都如他指尖泻下的寒泉翠瀑，玲玲玑玑，淌不完的高山流水，谷烟壑云。

犹记得那个遥远的长夜，她新寡，他的琴声传来，如荷花的花苞在中宵柔缓绽放，弹指间，一池香瓣已灿然如万千火苗。

她选择了那琴声，冒险跟随了那琴声，从父亲卓王孙的家中逃逸。从此她放弃了仆从如云、挥金如土的生涯。她不觉乍贫，狂喜中反觉乍富，和司马长卿相守，仿佛与一篇繁富典丽的汉赋相厮缠，每一句，每一读，都富艳难踪。

啊，她永远记得的是那偶傥不群的男子，那用最典赡的句子记录了一代大汉盛世的人——如果长卿注定是记录汉王朝的人，她便是打算用记忆来记住这男子一生的人。

而这男子，如今老病垂垂，这人就是那人吗？有什么人将他偷换了吗？卓文君小心地提起药罐，把药汁滤在白瓷碗里，还太烫，等一下再叫他起来喝。

当年，在临邛，一场私奔后，她和爱胡闹的长卿一同开起酒肆来。他们一同为客人沽酒、烫酒，洗杯盏，长卿穿起工人裤，别有一种俏皮。开酒肆真好，当月光映在酒卮里，实在是世间最美丽的景象啊！可惜酒肆在父亲反对下关了，父亲觉得千金小姐卖酒是可耻的。唉！父亲却从来不知卖酒是那么好玩的事啊！酒肆中觥筹交错，众声喧哗，糟曲的暖香中无人不醉——不是酒让他们醉，而是前来要买他一醉的心念令他们醉。

想着，她站起来，走到衣箱前，掀了盖，掏摸出一枚铜钱，钱虽旧了，却还晶亮。她小心地把铜钱在衣角拭了拭，放在手中把玩起来。

这是她当年开酒肆卖出第一杯酒的酒钱。对她而言，这一枚钱胜过万贯家财。这一枚钱一直是她的秘密，父亲不知，丈夫不知，子女亦不知。珍藏这一枚钱其实是珍藏年少时那段快乐的私奔岁月。能和当代笔力最健的才子在一个垆前卖酒，这是多么兴奋又多么扎实的日子啊！满室酒香中盈耳的总是歌，迎面的都是笑，这枚钱上仿佛仍留着当年的声纹，如同冬日结冰的池塘长留着夏夜蛙声的记忆。

酒肆遵父命关门的那天，卓王孙送来仆人和金钱。于是，她知道，这一切逾轨的快乐都结束了。从此她仍将是富贵人家的妻子，而她的夫婿会挟着金钱去交游，去进入上流社会，会以文字干禄。然后，他会如当年所期望的，乘"高车驷马"走过升仙桥。然后，像大多数得意的男子那样，娶妾。他不再是一个以琴挑情的情人。

事情后来的发展果真一如她所料，有了功名以后，长卿一度想娶一位茂陵女子为妾（啊！身为蜀人，他竟已不再爱蜀女，他想娶的，居然是京城附近的女子），文君用一首《白头吟》挽回了自己的婚姻——对，挽回了婚姻，但不是爱情。

　　　　皑如山上雪，皎若云间月。
　　　　闻君有两意，故来相决绝。
　　　　…………
　　　　凄凄复凄凄，嫁娶不须啼。
　　　　愿得一心人，白头不相离。

　　"一心人"？世上有那一心一意的男人吗？

　　药凉了，可以喝了，她打算叫醒长卿，并且下定决心继续爱他。不，其实不是爱他，而是爱属于她自己的那份爱！眼前这衰朽的形体，昏花的老眼，分明已一无可爱，但她坚持，坚持忠贞于多年前自己爱过的那份爱。

　　把铜钱放回衣箱一角，下午的日光已翳翳然，卓文君整发敛容，轻声唤道："长卿，起来，药，熬好了。"

不朽的失眠——
写给没考好的考生

他落榜了！一千二百年前。榜纸那么大那么长，然而，就是没有他的名字。啊！竟单单容不下他的名字"张继"那两个字。

考中的人，姓名一笔一画写在榜单上，天下皆知。奇怪的是，在他的感觉里，考不上，才更是天下皆知，这件事，令他羞惭沮丧。

离开京城吧！议好了价，他踏上小舟。本来预期的情节不是这样的，本来也许有插花游街、马蹄轻疾的风流，有衣锦还乡袍笏加身的荣耀。然而，寒窗十年，虽有他的悬梁刺股，琼林宴上，却并没有他的一角席次。

船行似风。

江枫如火，在岸上举着冷冷的熠焰。这天黄昏，船，来到了苏州。但，这美丽的古城，对张继而言，也无非另一个触动愁情的地方。

如果说白天有什么该做的事，对一个读书人而言，就是读书吧！夜晚呢？夜晚该睡觉，以便养足精神第二天再读。然而，今夜是一个忧伤的夜晚。今夜，在异乡，在江畔，在秋冷雁高的季节，容许一个落魄的士子放纵他的忧伤。江水，可以无限度地收纳古往今来一切不顺遂之人的泪水。

这样的夜晚，残酷地坐着，亲自听自己的心正被什么东西啮食而一分一分消失的声音。并且眼睁睁地看自己的生命如劲风中的残灯，所有的力气都在抗拒，油快尽了，微火每一刹那都可能熄灭。然而，可恨的是，终其一生，它都不曾华美灿烂过啊！

江水睡了，船睡了，船家睡了，岸上的人也睡了。唯有他，张继，醒着，夜愈深，愈清醒，清醒如败叶落余的枯树，似梁燕飞去的空巢。

起先，是睡眠排拒了他（也罢，这半生，不是处处都遭排拒吗？），而后，是他在赌气，好，无眠就无眠，长夜独醒，就干脆彻底来为自己验伤，有何不可？

月亮西斜了，一副意兴阑珊的样子。有鸟啼，粗嘎嘶哑，是乌鸦。那月亮被它一声声叫得更暗淡了。江岸上，想已霜结千草。夜空里，星子亦如清霜，一颗颗冷艳凄绝。

在眼角在眉梢，他感觉，似乎也森然生凉，那阴阴不怀好意的凉气啊，正等待凝成早秋的霜花，来贴缀他惨绿少年的容颜。

江上渔火二三，他们在干什么？在捕鱼吧？或者，虾？他们也会有撒空网的时候吗？世路艰辛啊！即使潇洒的捕鱼人，也不免投身在风波里吧？

然而，能辛苦工作，也是一种幸福呢！今夜，月自光其光，霜自冷其冷，安心的人在安眠，工作的人去工作。只有我张继，是天不管地不收的一个，是既没有权利去工作，也没有福气去睡眠的一个……

钟声响了，这奇怪的深夜的寒山寺钟声。一般寺庙，都是暮鼓晨钟，寒山寺却敲"夜半钟"，用以警世。钟声贴着水面传来，于别人，那声音只是睡梦中模糊的衬底音乐。于他，却一记一记都撞击在心坎上，正中要害。钟声那么美丽，但钟自己到底是痛还是不痛呢？

既然无眠，他推枕而起，摸黑写下"枫桥夜泊"四字。然后，就把其余二十八个字照抄下来。我说"照抄"，是因为那二十八个字在他心底已像白墙上的黑字一样分明凸显：

> 月落乌啼霜满天，江枫渔火对愁眠。
> 姑苏城外寒山寺，夜半钟声到客船。

感谢上苍，如果没有落第的张继，诗的历史上便少了一首好诗，我们的某一种心情，就没有人来为我们一语道破。

一千二百年过去了，那张长长的榜单上（就是张继挤不进去的那纸金榜）曾经出现过的状元是谁？哈！谁管他是谁？真正被记得的名字是"落第者张继"。有人会记得那一届状元披红游街的盛景吗？不！我们只记得秋夜的客船上那个失意的人，以及他那场不朽的失眠。

唐代最幼小的女诗人

她的名字？哦，不，她没有名字。我在翻《全唐诗》的时候遇见她，她躲在不起眼的角落，小小一行。

然而，诗人是不需要名字的，《击壤歌》是谁写的？那有什么重要？"关关雎鸠"的和鸣至今回响，任何学者想为那首诗找作者，都只是徒劳无功罢了。

也许出于编撰者的好习惯，她勉强也有个名字。在《全唐诗》两千二百多个作者里，她有一个可以辨识的记号，她叫"七岁女子"。

七岁，就会写诗，当然是天才，但这种天才，不止她一个人，有一个叫骆宾王的，也是个小天才，他七岁那年写了一首《咏鹅》诗，传诵一时：

鹅鹅鹅，曲项向天歌。

白毛浮绿水，红掌拨清波。

骆宾王后来名列"初唐四杰"，算是混出名堂的诗人。但这号称"七岁女子"的女孩，却再没有人提起她，她也没有第二首诗传世。

几年前，我因提倡"小学生读古典诗"，被编译馆点名为编辑委员，负责编写给小学孩子读的古诗。我既然自己点了火，想脱逃也觉不好意思，只好硬着头皮每周一次去上工。

开编辑会的时候，我坚持要选这个小女孩的诗，其他委员倒也很快就同意了。《全唐诗》四万八千余首，《全宋诗》更超越此数，中国古典诗白纸黑字印出来的，我粗估也有三十万首以上（幸亏，有些人的诗作亡佚消失了，像宋代的杨万里，他本来一口气便写了两万多首，要是人人像他，并且都不失传，岂不累死后学），在如此丰富的诗歌园林里，无论怎样攀折，都轮不到这朵小花吧？

但其他委员之所以同意，想来也是惊讶疼惜作者的幼慧吧？最近这本书正式出版，我把自己为小孩写的这首诗的赏析录在此处，聊以表示我对一个女子在妻职母职中逝去的天才的哀婉和敬意。

大殿上，武则天女皇帝面向南方而坐，她的衣服华丽，如同垂天的云霞，她的眉眼轻扬，威风凛凛。

远远有个小女孩走进大殿，她很小，才七岁，大概事先有人教过她，她现在正规规矩矩地低着头，小心地往前走去。比起京城一带的小孩，她的皮肤显得黑多了，而且黑里透红，光泽如绸缎，又好像刚游完泳，才从水里爬上来似的。

女皇帝脸上露出微笑，她想：这个可爱的来自广东的南方小孩，我倒要来试试她。中国土地这么大，江山如此美丽，每一个遥远的角落里，都可能产生了不起的天才。

"听说你是个小天才呢！那么，吟一首诗，你会不会？我来给你出个题目——'送兄'，好不好？"

女孩立刻用清楚甜脆的声音吟出她的诗来：

《送兄》
别路云初起，离亭叶正飞。
所嗟人异雁，不作一行归。

翻译成白话就是这样：

哥哥啊！
这就是我们要分手的大路了。
云彩飞起，
路边有供旅人休息送别的凉亭。

亭外，是秋叶在飘坠，

而我最悲伤叹息的就是，

人，为什么不能像天上的大雁呢？

大雁哥哥和大雁妹妹总是排得整整齐齐，

一同飞回家去的啊！

　　女皇帝一时有点呆住了，在那么遥远的南方，也有这样出口成章的小小才女，真是难得啊！于是，她把小女孩叫到身边来，轻轻握住小女孩的手，仔细看小女孩天真却充满智慧才思的眼睛，她仿佛看到一个活泼的、向前的，而又光华灿烂的盛唐时代即将来临。

共此明月

在 无 风 的 静 夜 里

春之怀古

春天必然曾经是这样的：从绿意内敛的山头，一把雪再也撑不住了，扑哧一声，将冷脸笑成花面，一首渐渐然的歌便从云端唱到山麓，从山麓唱到低低的荒村，唱入篱落，唱入一只小鸭的黄蹼，唱入软溶溶的春泥——软如一床新翻的棉被的春泥。

那样娇，那样敏感，却那样混沌无涯。一声雷，可以无端地惹哭满天的云。一阵杜鹃啼，可以斗急了一城杜鹃花。一阵风起，每一棵柳都吟出一则则白茫茫、虚飘飘，说也说不清、听也听不清的飞絮，每一丝飞絮都是一株柳的分号。反正，春天就是这样不讲理、没逻辑，而仍可以好得让人心平气和。

春天必然曾经是这样的：满塘叶黯花残的枯梗抵死苦守一截老

根，北地里千宅万户的屋梁受尽风欺云压，犹自温柔地抱着一团小小的空虚的燕巢。然后，忽然有一天，桃花把所有的水村山郭都攻陷了，柳树把皇室的御沟和民间的江头都控制住了——春天有如旌旗鲜明的王师，因长期虔诚地企盼祝祷而美丽起来。

而关于春天的名字，必然曾经有这样一段故事：在《诗经》之前，在《尚书》之前，在仓颉造字之前，一只小羊在啮草时猛然感到的多汁，一个孩子在放风筝时猛然感觉到的飞腾，一双患风痛的腿在猛然间感到的舒活，千千万万双素手在溪畔在塘畔在江畔浣纱时所猛然感到的水的血脉……当他们惊讶地奔走相告的时候，他们决定将嘴噘成吹口哨的形状，用一种愉快的耳语的声量来为这季节命名——"春"。

鸟又可以开始丈量天空了。有的负责丈量天的蓝度，有的负责丈量天的透明度，有的负责用那双翼丈量天的高度和深度。而所有的鸟全不是好的数学家，它们叽叽喳喳地算了又算，核了又核，终于还是不敢宣布统计数字。

至于所有的花，已交给蝴蝶去点数；所有的蕊，交给蜜蜂去编册；所有的树，交给风去纵宠。而风，交给檐前的老风铃去——记忆、——垂询。

春天必然曾经是这样，或者，在什么地方，它仍然是这样的吧？穿越烟囱与烟囱的黑森林，我想走访那蹀躞在湮远年代中的春天。

春日二则

美丽的计时单位

唐宫中，以女工揆日之长短，冬至后，日晷渐长，比常日增一线之功。

——《唐杂录》

何人却忆穷愁日，日日愁随一线长。

——杜甫《至日遣兴》

如果要计算白昼，以什么为单位呢？如果我们以"水银柱上升一毫米"来计大气压，以"四摄氏度时一立方分米"纯水之重为一公斤来计重量，那么，拿什么来数算光耀如银的白昼呢？

唐代宫中的女子曾发明了一个方法，她们用线来数算。冬至以后，白昼一天比一天长，做女红的女子便每日多加一根线。

想花腾日暄之际，多少素手对着永昼而怔怔，每扎下一针脚，都是无量量劫中的一个刹那啊！每悠然一引线，岂不也是生生世世情长意牵中的一段完成吗？长安城里的丽人绣罢蜡梅绣牡丹，直绣到"一一风荷举"。水村山郭的妇人或工于织缣或工于织素，直织到"经冬复历春"。中国的女子把一缕缕柔长的丝线来作为量度白昼的单位，多美丽的计时单位啊！

中国的男人也有类似的痴心，歌谣里男子急急地唱道："拴住太阳好干活啊！"

唱歌的人想必是看着未插完的秧田或割不完的大麦而急得不讲理起来的吧？疯狂的庄稼汉竟是蛮不知累的，累倒的反是太阳，它竟想先收工了。拴住它啊！别让那偷懒的小坏蛋跑了。但是拴太阳要拿什么来拴呢？总不能是闺阁中的绣线吧。想来该是牵牛的粗绳了。

想迟迟春日，或陌上，或栏畔，多少中国女子的手用一根根日渐加多的线系住明亮的昼光，多少男子的手用长绳甩套西天的沉红，系住套住以后干什么？也没有干什么，纯朴的人并无意再耽溺于一番"如花美眷，似水流年"的自怜自惜，他们只是简单地想再多做一点工作，再留下一点点痕迹。

至于我呢，我是一个喜欢单位的女子——没有单位，数学就不存在了，我愿以脚为单位去丈量茫茫大地（《说文》：六尺为步，步百为亩。秦改二百四十步为亩），我愿以手为单位去计度咫尺天涯（《说文》：咫八寸，尺十寸。咫指中等身高妇人之手长），我也愿以一截一截的丝线去数算明亮的春昼，原来数学中的单位也可以是这样美丽的。

留憾的是：不知愁山以何物计其净重，恨海以何器量其容积，江南垂柳绿的程度如何刻表，洛阳牡丹浓红的数据如何书明。欲望有其标高吗？绝情有其硬度吗？酒可以计其酒精比，但愁醉呢？灼伤在皮肤医学上可以分度，但悲烈呢？地震有级，而一颗心所受的摧残呢？唉！数学毕竟有所不及啊！

何谓春天？

那故事是真的，爸爸说给我听的。

那时候，中日战争已经打起来了。蒋先生在南岳衡山召开一个大会，讨论许多事情，军医署也来了，会上决定令军医署的人立刻着手准备明年春季的医疗。

会后，公文一层层转下去，不知怎的，竟转到一位死心眼的朋友手上，他反问了一句："春天？请问何谓春天？"

问得好！他的主管一时也愣住了，的确，如果连春天都解释不出来，又怎能克日计时完成春季医疗准备？于是一纸公文，带着这不知该算正经还是该算逗趣的问句，一关关旅行，公文直走了七关，终于收集了许多学者专家的"春天之定义"，其中劳动了"军政部""军委会""国民政府""科学研究院"等一个个正襟危坐的机关，得到如下不同的答案：

解释之一说：应该指阴历正、二、三月。

解释之二说：应该从立春日算起。

解释之三说：应指阳历一、二、三月。

解释之四说：应指阳历二、三、四月。

解释之五说：从天文学上行星位置来看。

解释之六说：从地理学上平均温度来看。

解释之七说：应该可以参照西洋对于 spring（春天）的说法。

…………

那事后来不知如何了结的，想想，原来公文往返之际也有如此动人的事。遥想那时我尚未出生，战争正进行，血流正殷，五岳正枯坐相望，南岳衡山的一番风云盛会之后竟惹出了这么淡淡的一句反问。算来，也该是万里烽烟中的一阵琴音，在四方杀伐声中的一句柔美的唠叨。

然而，对始于犹豫而终于逃遁的春天该如何定义？我一直还没有找到。

春

姐

春天是一则谎言

那女孩说，春天是一则谎言，饰以软风，饰以杜鹃；那女孩斩钉截铁地说，春天，是一则谎言。

可是，她说，二十年过去，我仍不可救药地甘于被骗。那些偶然红的花，那些偶然绿的水，竟仍然令我痴迷。春天一来，便老是忘记，忘记蓝天是一种骗局，忘记急湍是一种诡语，忘记千柯都只不过在开些空头支票，忘记万花只不过服食了迷幻药。真的，老是忘记——直到秋晚醒来时，才发现它们玩的只不过是些老把戏，而你又被骗了，你只能在苍白的北风中向壁叹息。

她说她的，我总不能拒绝春天。春水一涨潮，我就变得盲目，变得混沌，像一个旧教徒，我恭谨地行到溪畔去办"告解"，去照鉴自己的心，看看能不能仍拼成水仙——虽然，可能她说得对，虽然春天可能什么都不是，虽然春天可能只是一则谎言。

过客

别墅的主人买了地，盖了房子，却无奈地陷在楼最高、气最浊，车马喧腾的地方，把别墅的所有权状当作清供。

而第一位在千山夜雨中拧亮玻璃吊盏的人，竟是我这陌生的过客，一时间恍惚竟以为别墅是我的——或者也是云的？谁是客？谁是主？谁是物？谁是我？谁曾占有过什么？谁又曾管领过什么？

长长的甬道，只回响我的软履。寂然的阳台，只留我独饮风露，穆然的大柜，只垂挂我的春衫，初涨的新溪，只流过我的梦境——那主人不在，那主人不在，我把一切的美好霸占得那样彻底。

织草初渥，足下的春泥几乎在升起一种柔声的歌。而这片土地，两年以前属于禾稻，千纪以前属于牧畜，万年以前属于渔猎，亿载以前属于洪荒。而此刻，它属于一张一尺见方的所有权状。

而我是谁？为什么我感到自己强烈的占有，不是今夜的占有，而是亿载之前的占有，我几乎能指出哪一带蓝天曾腾跃过飞龙，哪一丛密林曾隐居着麒麟，哪一片水滩曾映照七彩的凤凰，哪一座小桥曾负载夹弓猎人的歌。而今夜，我取代他们，继承他们，让我的十趾来膜拜泥土。

今夜，我是拙而安的鸠鸟，我占着别人的别墅，我占着有巢氏的巢，我占着昭阳殿，我占着含章殿，我占着裴令公的绿野堂，我占着王摩诘的辋川和终南别业，我占着亘古长存的大地庙堂——我，一个过客。

坠星

山的美在于它的重复，在于它是一种几何级数，在于它是一种循环小数，在于它的百匝千遭，在于它永不甘休的环抱。

晚上，独步山径，两侧的山又黑又坚实，有如一锭古老的徽墨，而徽墨最浑凝的上方却被一点灼然的光突破。

"星坠了！"我忽然一惊。

而那一夜并没有星，我才发现那或者只是某一个人、一盏灯。一盏灯？可能吗？在那样孤绝的高处？伫立许久，我仍弄不清那是一颗低坠的星还是一盏高悬的灯。而白天，我什么也不见，只见云来雾往，千壑生烟。但夜夜，它不瞬地亮着，令我迷惑。

山月

山月升起的地方刚好是对岸山间一个巧妙的缺口。中宵惊起，一丸冷月像颗珠子，莹莹然地镶嵌在山的缺处。

有些美，如山间月色，不知为什么美得那样无情，那样冷绝白绝，触手成冰。无月之夜的那种浑厚温暖的黑色此刻已被扯开，山月如雨，在同样的景片上硬生生地安排下另一种格调。

真的，山月如雨，隔着长窗，隔着纱帘，一样淋得人兜头兜脸，眉发滴水，连寒衾也淋湿了，一间屋子竟无一处可着脚，整栋别墅都漂浮起来，晃漾起来，让人有一种绝望的惊惶。

山月总是触动人最深处的忧伤，山月让人不能遗忘。

山月照在山的这一边，山月照在山的那一边。山的这一边是长帘垂地的别墅，山的那一边是海峡深蕴的忧伤。

山月照在岛上，山月也绕过岛去照一千一百万平方公里的旧梦。在不眠的中宵，在万窍含风的永夜，山月吹起令人愁倒的胡笳。

山月何以如此凛冽，山月何以如此无情，山月何以如此冷绝愁绝，触手成冰！

夜雨

雨声有时和溪声是很难分辨的，尤其在夜里。有时为了证实是雨，我必须从回廊里探出双臂。探着雨，便安心地回去躺下，欣喜而满足。夜是母性的，雨也是，我遂在双重的母性中拥书而眠。

书不多，但从毛诗到皮兰德娄，从陶渊明到乌托邦都有，只是落雨的夜里，我却总想起秦少游，以及他的"可堪孤馆闭春寒，杜鹃声里斜阳暮"。雨声中唯一的缺憾是失去鸟声。有一种鸟声，平时总听得到，细长而无尾音，却自有一种直抒胸臆的简捷的悲怆，像一个不善言辞的人的低喟。雨夜中有时不免想起那只鸟，不知在何处抖动它潮湿的羽毛和潮湿的叹息。

盛夏中偶落的骤雨，照例总扬起一阵浓郁的土香。而三月的夜雨不知为什么也能渗出一丝丝的青草味，跟太阳蒸发出来的强烈的草薰不同，是一种幽森的、细致的、嫩生生的气味。我想，如果有一天我失明了，光凭嗅觉，我也能毫无错误地辨认出三月的夜雨。

野溪

从来没有想到溪声会那样执着，日以继夜，夜以继日，像一个喧嚷的小男孩，使我感到一种疲倦。我爱那水，但它使我疲倦——它使我疲倦，但我仍爱那水——我之所以疲倦，或者无论梦着醒着，我不能一秒钟不恭谨地聆听它，过分的爱情常使人疲累不胜。

水极浅，小溪中多半是乱石，小半是草，还有一些树，很奇怪地都有着无比苍老嶙峋的根，以及柔嫩如婴儿的透明绿叶，让人猜不透它们的年龄。大部分的巨石都被树根抓住了，树根如网，巨石如鱼，相峙似乎已有千年之久，让人重温渔猎时代敦实的喜悦。

谁在溪中投下千面巨石，谁在石间播下春芜秋草，谁在草中立起大树如碑？谁在树上剪裁三月的翠叶如酒旆？谁在这无数张招展的酒斾间酝酿亿万年陈久而新鲜的芬芳？

溪水清且浅，溪声激以越，世上每日有山被斩首解肢，每日有水被奸污毁容，而眼前的野溪却浑然无知地坚持着今年的歌声。而明年，明年谁知道，我们且对斟今年的春天！让千穴的清风吹彻玉笙，让千转的白湍拨起泠泠古弦，我们且对斟今年的春天。

秋
天，
秋
天

满山的牵牛藤起伏，紫色的小浪花一直冲击到我的窗前才猛然收势。

阳光是耀眼的白，像锡，像许多发光的金属。是哪个聪明的古人想起来以木象春而以金象秋的？我们喜欢木的青绿，但我们怎能不钦仰金属的灿白？

对了，就是这灿白，闭着眼睛也能感到的。在云里，在芦苇上，在满山的翠竹上，在满谷的长风里，这样乱扑扑地压了下来。

在我们的城市里，夏季上演得太长，秋色就不免出场得晚些，但秋是永远不会被混淆的——这坚硬明朗的金属季。让我们从微凉的松风中去认取，让我们从新刈的草香中去认取。

已经是生命中第二十五个秋天了，却依然这样容易激动。正如一个诗人说的："依然迷信着美。"

是的，到第五十个秋天来的时候，对于美，我怕是还要这样执迷的。

那时候，在南京，刚刚开始记得一些零碎的事，画面里常常出现一片美丽的郊野，我悄悄地从大人身边走开，独自坐在草地上。梧桐叶子开始簌簌地落着，簌簌地落着，把许多神秘的美感一起落进我的心里来了。我忽然迷乱起来，小小的心灵简直不能承受这种兴奋。我就那样迷乱地捡起一片落叶。叶子是黄褐色的，弯曲的，像一只载着梦的小船，而且在船舷上又长着两粒美丽的梧桐子。每起一阵风我就在落叶的雨中穿梭，拾起一地的梧桐子。必有一两颗我所未拾起的梧桐子在那草地上发了芽吧？二十年了，我似乎又能听到遥远的西风，以及风里簌簌的落叶。我仍然能看见那载着梦的船，航行在草原里，航行在一粒种子的希望里。

又记得小阳台上的黄昏，视线的尽处是一列古老的城墙。在暮色和秋色的双重苍凉里，往往不知什么人又加上一阵笛音的苍凉。我喜欢这种凄清的美，莫名喜欢。小舅舅曾经带我一直走到城墙的旁边，那些斑驳的石头、蔓生的乱草，使我有一种说不出的感动。长大了读辛稼轩的词，对于那种沉郁悲凉的意境总觉得那样熟悉，其实我何尝熟悉什么词呢？我所熟悉的只是古老南京城的秋色罢了。

后来，到了柳州，一城都是山，都是树。走在街上，两旁总夹着橘柚的芬芳，学校前面就是一座山，我总觉得那就是地理课本上的十万大山。秋天的时候，山容澄清而微黄，蓝天显得更高了。

"媛媛，"我怀着十分的敬畏问我的同伴，"你说，教我们美术的龚老师能不能画下这座山？"

"能，他能。"

"能吗？我是说这座山全部。"

"当然能，当然，"她热切地喊着，"可惜他最近打篮球把手摔坏了，要不然，全柳州、全世界他都能画呢。"

我沉默了好一会儿。

"是真的吗？"

"真的，当然是真的。"

我望着她，然后又望着那座山，那神圣的、美丽的、深沉的秋山。

"不，不可能。"我忽然肯定地说，"他不会画，一定不会。"

那天的辩论后来怎样结束的，我已不记得了，而那个叫媛媛的女孩子和我已经阔别了十几年。如果我能重见她，我仍会那样坚持的。

没有人会画那样的山，没有人能。

媛媛，你呢？你现在承认了吗？前年我碰到一个叫媛媛的女孩子，就急急地问她，她却笑着说，已经记不得住过柳州没有了。那么，她不会是你了。没有人能忘记柳州的，没有人能忘记那苍郁的、沉雄的、微带金色的、不可描摹的山。

而日子被西风刮尽了，那一串金属性的、有着欢乐叮当声的日子。终于，人长大了，会念《秋声赋》了，也会骑在自行车上，想象着陆放翁"饱将两耳听秋风"的情怀了。

秋季旅行，相片册里照例有发光的记忆。还记得那次倦游回来，坐在游览车上。

"你最喜欢哪一季呢？"我问芷。

"秋天。"她简单地回答，眼睛里凝聚了所有美丽的秋光。

我忽然欢欣起来："我也是，啊，我们都是。"

她说了许多秋天的故事给我听，那些山野和乡村里的故事。她又向我形容那个她常在它旁边睡觉的小池塘，以及林间说不完的果实。

车子一路走着，同学沿站下车，车厢里越来越空了。

"芷，"我忽然垂下头来，"当我们年老的时候，我们生命的同伴一个个下车了，座位慢慢地稀疏了，你会怎样呢？"

"我会很难过。"她黯然地说。

我们在做什么呢？芷，我们只不过说了些小女孩的傻话罢了，那种深沉的、无可奈何的摇落之悲，又岂是我们所能了解的。

但，不管怎样，我们一起躲在小树丛中念书，一起说梦话的那段日子是美的。

而现在，你在中部的深山里工作，像传教士一样工作着，从心里爱那些朴实的山地灵魂。今年初秋，我们又见了一次面，兴致仍然那样好，坐在小渡船里，早晨的淡水河还没有揭开薄薄的蓝雾，橹声琅然，你又继续你的山林故事了。

"有时候，我向高山上走去，一个人，慢慢地翻越过许多山岭。"你说，"忽然，我停住了，发现四壁都是山！都是雄伟的、插天的青色！我吃惊地站着，啊，怎么会那样美！"

我望着你，芷，我的心里充满了幸福。分别这么多年了，我们都无恙，我们的梦也都无恙——那些高高的、不属于地平线上的梦。

而现在，秋在我们这里的山中已经很浓很白了。偶然落一阵秋雨，薄寒袭人，雨后常常又现出冷冷的月光，不由人不生出一种悲秋的情怀。你那儿呢？窗外也该换上淡淡的秋景了吧？秋天是怎样地适合故人之情，又怎样地适合银银亮亮的梦啊！

随着风，紫色的浪花翻腾，把一山的秋凉都翻到我的心上来了。我爱这样的季候，只是我感到我爱得这样孤独。

我并非不醉心春天的温柔，我并非不向往夏天的炽热，只是生命应该严肃、应该成熟、应该神圣，就像秋天所给我们的一样——然而，谁懂呢？谁知道呢？谁去欣赏深度呢？

远山在退，遥遥地盘结着平静的黛蓝，而近处的木本珠兰仍香着，香气真是一种权力，可以统辖很大片的土地。溪水从小夹缝里奔窜出来，在原野里写着没有人了解的行书，它是一首小令，曲折而明快，用以描绘纯净的秋光。

而我的扉页空着，我没有小令，只是我爱秋天，以我全部的虔诚与敬畏。

愿我的生命也是这样的，没有太多绚丽的春花，没有太多飘浮的夏云，没有喧哗，没有旋转着的五彩，只有一片安静纯朴的白色，只有成熟生命的深沉与严肃，只有梦，像一树红枫那样热切殷实的梦。

秋天，这坚硬而明亮的金属季，是我深深爱着的。

星
约

上一次

是因为期待吗？整个天空竟变得介乎可信赖与不可信赖之间，而我，我介乎悟道的高僧与焦虑的狂徒之际。

七十六年才一次啊！

"运气特别不好！"男孩说，"两千年来，这次哈雷是最不亮的一次！上一次，嘿，上一次它的尾巴拖过半个天空哩！"

男孩十七岁，七十六年后他九十三。下一次，下一次他有幸和他的孩子并肩看星吗，像我们此刻？

至于上一次，男孩，上一次你在哪里，我在哪里，我的母亲又复在哪里？连民国亦尚在胎动。爽飒的鉴湖女侠墓草已长，黄兴的

🌙 在无风的静夜里

手指尚完好，七十二烈士的头颅尚在担风挑雨的肩上寄存。血在腔中呼啸，剑在壁上狂吟，白衣少年策马行过漠漠大野。那一年，就是那一年啊，彗星当空挥洒，仿佛日月星辰全是定位的镂刻的字模，唯独它，是长空里一气呵成的行草。

那一年，上一次，我们不在，但一一知道。有如一场宴会，我们迟了，没赶上，却见茶气氤氲，席次犹温，一代仁人志士的呼吸如大风盘旋谷中，向我们招呼，我们来迟了，没有看到那一代的风华。但一九一〇我们是知道的，在武昌起义和黄花岗之前的那一年我们是感念而熟知的。

初识

还有，最初的那一次（其实怎能说是最初呢，只能说是最初的记载罢了，只能说是不甚认识的初识罢了）。这美丽得使人惊惶的天象，正是以美丽的方块字记录的。在秦始皇的年代，"七年，彗星先出于东方，见北方……五月，见西方……"秦代的资料，是以委婉的小篆体记录的吧？

而那时候，我们在哪里？易水既寒，群书成焚灰，博浪沙的大椎打中副车，黄石老人在桥头等待一位肯为人拾鞋的亢奋少年，伏生正急急地咽下满腹经书，以便将来有朝一日再复缓缓吐出，万里长城开始一尺一尺垒高、垒远……忙乱的年代啊，大悲伤亦大奋发的岁月啊，而那时候，我们在哪里？我们在哪里？

有所期

我们在今夜，以及今夜的期待里，以及，因期待而生的焦灼里。

不要有所期有所待，这样，你便不会忧伤。

不要有所系有所思，否则，你便成不赦的囚徒。

不要企图攫取，妄想拥有，除非，你已预先洞悉人世的虚空。

——然而，男孩啊，我们要听取这样的劝告吗？长途役役，我们有如一个罗盘上的指针，因神秘的磁场牵引而不安而颤抖，而在每一步颠簸中敏感地寻找自己和整个天地的位置，但世上的磁针有哪一根因这种种劫难而后悔，而愿意自绝于磁场的骚动呢？

咒诅

如果有人告诉我彗星是一场祸殃，我也是相信的。凡美丽的东西，总深具危险性，像生命。奇怪，离童年越远，我越是想起那只青蛙的童话：

有一个王子，不知为什么，受了魔法的诅咒，变成了青蛙。青蛙守在井底，他没有为这大悲痛哭泣，但他却听到了哭泣的声音，那一定来自小悲痛小凄怆吧？大痛是无泪的啊！谁哭呢？一个小女孩。为什么哭呢？为一个失落的球。幸福的小公主啊，他暗自叹息起来，她最响亮的号啕竟只为一个小球吗？于是他为她捡球。然后她依照契约做了他的朋友，她让青蛙在餐桌上有一席之地，她给了他关爱和友谊，于是青蛙恢复了王子之身。

生命是一场受过巫法的大咒诅，注定朽腐，注定死亡，注定扭曲变形——然而我们活了下来，活得像一只井底青蛙，受制于窄窄的空间，受制于匆匆一夏的时间。而他等着，等一份关爱来破此魔法和咒诅。一瞬柔和的眼神已足以破解最凶恶的毒咒啊！

如果哈雷是祸殃，又有什么可悸可怖？我们的生命本身岂不是更大的祸殃吗？然而，然而我们不是一直相信生命是一场充满祝福的诅咒，一枚有着苦蒂的甜瓜，一条布满陷阱的坦途吗？

我不畏惧哈雷，以及它在传述中足以魔住人的华灿和美丽。即使美如一场祸殃，我也不会因而畏惧它多于一场生命。

暂时

缸里的荷花谢尽，浮萍潜伏，十二月的屋顶寂然，男孩一手拿着电筒，一手拿着星象图，颈上挂着望远镜。

"哈雷在哪里？"我问。

"你怎么这么'势利眼'，"男孩居然愤愤地教训起我来，"满天的星星哪一颗不漂亮，你为什么只肯看哈雷？"淡淡的弦月下，阳台黝黑，男孩身高一米八四，我抬头看他，想起那首"日升日沉"的歌：

这就是我一手带大的小女孩吗？

这就是那玩游戏的小男孩吗？是什么时候长大的呀，他们？

"看那颗天狼星，冬天的晚上就数它最亮，蓝汪汪的，对不对？它的光等 [1] 是负一点四，你喜欢了，是不是？没有女人不喜欢天狼，它太像钻石了。"

我在黑夜中窃笑起来，男孩啊——

付这座公寓订金的时候，我曾惴惴然站在此处，惴想在这小小的舞台上，将有我人世怎样的演出。男孩啊，你在这屋子中成形，你在此听第一篇故事，念第一首唐诗，而当年痴立痴想的时候，我从来不曾想到你会在此和我谈天狼星！

"蓝光的星是年轻的星，星光发红就老了。"男孩说。

星星也有生老病死啊？星星也有它的情劫和磨难啊？

"一颗流星。"男孩说。

我也看见了，它那样利落，如钻石划过墨黑的玻璃。

"你许了愿？"

"许了。你呢？"

"没有。"

---

[1]　星等。——编者注

在无风的静夜里

怎么解释呢？怎样把话说清楚呢？我仍有愿望，但重重愿望连我自己静坐以思的时候对着自己都说不清楚，又如何对着流星说呢？

"那是北极星——不过它担任北极星其实也是暂时的。"

"暂时？"

"对，等二十万年以后，就是大熊星来做北极星了，不过二十万年以后大熊星座的组合位置有点改变。"

暂时担任北极星二十万年？我了解自己每次面对星空的悲怆失措甚至微愠了，不公平啊，可是跟谁去争辩，跟谁去抗议？

"别的星星的组合形态也会变吗？"

"会，但是我们只谈那些亮的星，不亮的星通常就是远的星，我们就不管它们了。"

"什么叫亮的？"

"光度总要在一等左右，像猎户星座里最亮的，我们中国人叫它参宿七的那一颗，就是零点一等，织女星更亮，是零等。太阳最亮，是负二十六等……"

"光的单位"

奇怪啊，印度人以"克拉"计钻石，愈大的钻石克拉愈多，希腊人以"光等"计星亮，愈亮的星"光等"反而愈少，最后竟至于少成负数了。

"古希腊人为什么这么奇怪呢？为什么他们用这种方法来计算光呢？我觉得'光度'好像指'无我的程度'，'我执'愈少，光源愈透，'我'愈强，光愈暗。"

"没有那么复杂吧？只是希腊人就是这样计算的。"

于是我躺在木凳上发愣，希腊人真是不可思议，满天空都成了他们的故事布局，星空于他们竟是一整棚累累下垂的葡萄串，随时可摘可食，连每一粒葡萄晶莹的程度他们也都计算好了。

猎户在天

几年前的一个星夜，我们站在各种光等的星星下。

"猎户在天——"我说。

"《诗经》的句子吧？"女友问。

"怎么会，也不想想猎户星座是希腊名词啊！"

她大笑起来，她是被我的句型骗了，何况她是诗人，一向不讲理的，只是最后连我自己也恍惚起来，真的很像《诗经》里的句子呢！

我们有点在装迷糊吗？为什么每看到好东西，我们就把它故意误为中国的？

"猎户"是一组美丽的星，宽宏的肩，长挺的腿，巧饰的腰带和腰带下的腰刀，旁边还有一只野兔呢！然而，这漂亮的猎者是谁呢？

是始终在奔驰在追索在欲求的世人吗？不知道啊，但他那样俊朗，把一个形象从古希腊至今维系了三千年，我不禁肃然。

"看到腰带下的小腰刀了吗？腰刀是三颗直排的星组成的，中间的那一颗你用望远镜仔细看，是一大团星云，它距离我们只不过一千五百光年而已。"

"一千五百年！是唐朝吗？"

"是南北朝。"

早于秾艳的李义山，早于狂歌的李白、沉郁的杜甫，以及凿破大地的隋炀帝。南北朝，南北朝又复为何世呢？对那一整个年代我所记得的只有北魏的石雕，悠悠青石，刻成了清明实在的眉目，今夕的星光就是当年大匠举斧加石的年代出发的，历劫的石像至今犹存其极具硬度的大悲悯，历劫的星光则今夕始来赴我的双目的天池。

猎户星座啊！

见与不见

我其实是要看哈雷的，但哈雷不现，我只看到云。我终于对云感到抱歉了——这是不公平的，我渴望哈雷是因它稍纵即逝，然而云呢？云又岂是永恒的？此云曾是彼水，彼水曾是泉曾是溪，曾是河曾是海，曾是花上晓露眼中横波，曾是禾田间的汗水，曾是化碧前的赤血，壮士沙场之际的一杯酒是它，赵州说法时的半杯茶也是它。然而，犹竟以为云只是云，我竟以为今日之云同于昨日之云，云不也跟哈雷一样是周而复始、迂回往来的吗？

我不断地向自己解释，劝自己好好看一朵云，其间亦自有千古因缘，然而我依旧悲伤且不甘心，为什么这是一片灯网交织的城，且长年有着厚云层？为什么不让我今生今世看见一次哈雷！

"奇怪啊，神话只属于古代，至于我们的年代，只有新闻，而且多是报道不实的，为什么？"

黑暗中男孩看我，叹了一口气，他半年前交了一篇历史课的读书报告，题目便是"中国神话的研究"，得分九十五。曾经统御过所有的英雄和巨灵，辉耀了整个日月星辰的神话，此刻已老，并且沦为一个中学生的读书报告。

在一个接一个的冬夜里我慨叹跌足，并且生自己的气，气自己被渴望折磨，神话里的夸父就是渴死的，我要小心一点才行。所以悲伤时我总是想哈雷先生（哈雷彗星以他的名字来命名），以及他亦悲亦喜的一生，他在二十六岁那年惊见彗星，此后他用许多年来研究，相信彗星会在自己一百零二岁时再现。看过彗星以后，他又活了一甲子，死于八十六岁，像一个放榜前殁世的考生，无从证实自己的成绩。那哈雷死时是怎样想的呢？我猜他的心情正像一个孩子，打算在圣诞夜彻夜不眠，好看到圣诞老公公如何滑下烟囱，放下礼物。然而他困了，撑不住了，兴奋消失，他开始模糊了，心里却是不甘的，嘴里说着半真半呓的叮咛："父亲，等下圣诞老人来的时候，一定要叫我哟！我要摸摸他的胡子！"

哈雷说的话想来也类似："造物啊，我熬不住了，我要睡了，你帮我看好，好吗？十六年后它会来的，我先睡，你到时候要叫我一声哟！"

生当清平昌大之盛世，结交一时之俊彦如牛顿，能于切磋琢磨中发天地之微，知宇宙之数，哈雷的平生际遇也算幸运了。然而，肉体的贮瓶终是要面临大朽坏的——并不因其间贮注的是大智慧而有异，只是大限来时，他是否有憾呢？

寒星如一片冰心的冬夜，我反复自问：哈雷生平到底看过彗星重现吗？若说看见了，他事实上在星现前十六年已经死了，若说未见，他却是见的，正如围棋高手早在几小时以前预见胜负，一步步行去的每一着履痕他们都有如亲睹。

大军事家、大政治家、大科学家都是在不见处先见、未明时先明的啊！

那么，我呢？我算不算看过那彗星的人呢？假设有盲者，站在凄凄长夜里，感知天空某一角落有灿然的光体如甩动的火把，算不算看到了呢？如果他倾耳辨听天河淙淙，如果他在安静中若闻哈雷的跳跃，像一只河畔的蚱蜢，蹦去又蹦回，他算不算看到了呢？而我，当我在金牛座昴星团中寻它，当我在白羊座和双鱼座中寻它千百度，思它千百度，我算不算看到它了呢？在无所视、无所听、无所触、无所嗅的隔离中，我们可以仅仅凭信心和念力去承认、去体会身在云后的它吗？

我已践约

又一颗流星划过天空，天空被割裂，但立刻拢合，造物的大诡秘仍然不得窥见。这不知名的星从此化为光尘，也许最后剩一小块陨石，落到地球上，被人捡起，放在陈列室里。像一部写坏了的爱情小说，光华消失，飞腾不见，只留下硬硬的纹理。

夜空有千亩神话万顷传奇，有流星表演的冰上芭蕾——万古乾坤只在此半秒钟演出。以此肉身、以此肉眼来面对他们，这种不公平的对决总使我心情大乱，悲喜无常。哈雷会来吗？原谅我的急躁，我和男孩有缘得窥七十六年一临的奇景吗？如果能，我为此感激；如果不能，让我感激朝朝来临的太阳，月月重圆的月亮，以及至七夕最凄丽的"织女"，于冬月亦明艳的"猎户"。我已践约，今夜，以及此生，哈雷也没有失约，但云横雾亘，我不能表示异议。

如果我不曾谢恩，此刻，为茫茫大荒中一小块荷花缸旁的立脚位置，为犹明的双眸，为未熄的渴望，为身旁高大的教我看星的男孩，为能见到的以及未能见到的，为能拥有的以及不能拥有的，为悲为喜，为悟为不悟，为已度的和未度的岁月，我，正式致谢。

第一个月盈之夜

月亮节

世上爱月的民族，中国人要算一个。

犹太人、阿拉伯人虽然也爱月，却不似中国人弄出一年五个"月亮节"出来。

第一个月亮节便是元宵，一年里的第一度月圆，这时候虽然一时还天寒地冻，却不免有潜伏的春意在各地部署，并且蠢蠢欲动。

第二个月亮节是二月十五日，也叫花朝，据说是百花的生日。花真聪明，怎么刚好就找到第二度月圆做生日呢？想必是群芳商量好了，从大地母亲的肚子上剖腹而生，为了纪念那圆浑的母腹，它们以月盈夜为生日。

第三个是中元节，严格说起来，是给鬼过的月亮节，其实鬼心虚虚怯怯，未必喜欢月明之夜呢！不过人世里的活人总以为他们会留下那份固执的回忆，仍然爱着那丸透明莹彻的团栾月。

第四个是中秋节，时令到了八月半，整个大地都圆熟了，乃设起人间的圆瓜、圆饼、圆果来遥拜圆月。中国人的拜月只如朋友见面相揖，并无"拜月教"的慎重，反而有一份自然质朴的相知之情，一时间恍惚只觉口中吃的竟是月光，天上悬的反是宇宙的瓜果了。台湾旧俗有"照月光"事，便是令妇人观月浴月，谓之容易怀孕。此事或于中秋或于元宵进行，想来是由于月亮由亏至盈的神秘过程令人迷惑，觉得那也是一番大孕育吧？

第五个也称"下元节"，只祭祖，在十月十五日。

月亮与灯

据说，月亮从太阳那里学会发光——而灯，却从月亮那里学会发光，灯应该是太阳的再传弟子。

我们虽有五个月亮节，却只有上元节与中秋节和月亮有比较直接的关系。中秋夜用瓜果饼饵来模拟月，上元夜则用花灯来模拟月。灯是自我设限的火，极谨守，极谦退，从来不想去燎原，去焚山，只想守住小小的光焰，只想本分地照出一小团可信赖的光辉。灯是招之即来、挥之即去的光，像旧式的母亲，婉转随儿女，却自有其尊贵。

谁家见月能闲坐

　　谁家见月能闲坐，
　　何处逢灯不看来。

那是唐朝诗人崔液绝句《上元夜》里的句子。

　　去年元夜时，
　　花市灯如昼。
　　月上柳梢头，
　　人约黄昏后。
　　今年元夜时，
　　月与灯依旧。
　　不见去年人，
　　泪湿青衫袖。

　　这阕《生查子》相传或是朱淑真的，当然也有说是别人写的，我倒是宁可相信它出于一位女词人之手。

男性词人的元夜感怀，不免比女子少一分柔情，多一分苍凉，像张抡的《烛影摇红·上元有怀》便是如此：

> 驰隙流年，
> 恍如一瞬星霜换。
> 今宵谁念泣孤臣，
> 回首长安远。
> 可是尘缘未断，
> 漫惆怅、华胥梦短。
> 满怀幽恨，
> 数点寒灯，
> 几声孤雁。

　　姜白石的《鹧鸪天》，所记的也是元夕的悲怅：

> 春未绿，
> 鬓先丝，
> 人间别久不成悲。
> 谁教岁岁红莲夜，
> 两处沉吟各自知。

刘克庄的《生查子》也有类似的无奈：

繁灯夺霁华，

戏鼓侵明发。

物色旧时同，

情味中年别。

元夜词里最被后人赏识的恐怕是辛稼轩的《青玉案》了：

东风夜放花千树，

更吹落、星如雨。

宝马雕车香满路。

凤箫声动，玉壶光转，

一夜鱼龙舞。

蛾儿雪柳黄金缕，

笑语盈盈暗香去。

众里寻他千百度，

蓦然回首，

那人却在，

灯火阑珊处。

辛稼轩写的是一阕词，但是八百年后却有人把它当一则诗谜来忖度。

八百年前一诗谜

上元之夜，是月亮节，是灯节，以及谜语节。

月是天上的灯，灯是地上的月，而谜语呢，谜语是人心内在的月光，启动最初的智慧，是照亮灵明处的一线幽辉。

所有的孩子都喜欢谜语。

所有神话里的英雄，都必须解开谜语。

而稼轩的词，算不算一则谜语呢？其间又有什么深意？几百年后的王静安坐在书桌前，写他的《人间词话》。

他是一个细腻的学者，纤柔敏感。

"尼采谓：'一切文学，余爱以血书者。'"他在纸上写下，"后主之词，真所谓以血书者也。"

用尼采来论后主，这便是静安先生了。他又继续写下去，宁静的眼神渐渐透出热切的凝注：

古今之成大事业、大学问者，必经过三种之境界：

"昨夜西风凋碧树，独上高楼，望尽天涯路"，此第一境也；

"衣带渐宽终不悔，为伊消得人憔悴"，此第二境也；

"众里寻他千百度，蓦然回首，那人却在，灯火阑珊处"，此第三境也。

写完三个境界，他掷笔兀然了。这三首词的作者，晏殊、柳永和辛稼轩会同意他的说法吗？

他们并不曾设下谜语，他却偏要品味作者自己也不曾确知的语言背后的玄机，他是对的吗？

也许，所有的诗、所有的词、所有拈花微笑的禅意都是谜吧？"众里寻他千百度"，寻的是什么呢？寻的是上元夜芸芸众生里的青衫或红袖？抑或自己心头的一点渴望？

第一个月盈之夜

一年里的第一个月盈之夜，此夜唯一的责任是欢乐。

一年里唯一的灯节，此夕应看遍人间繁华。

一年里唯一猜人也被人猜的日子，生命的虚虚实实、真真幻幻，除了谜语，还有什么更好的媒体可以说明？

祝福人世，祝福你——你这与我共此明月、共此繁灯、共此人生之谜的人。

月，阙也

"月，阙也。"那是一本近两千年前的文字学专著的解释。阙，就是"缺"的意思。

那解释使我着迷。

曾国藩把自己的住所题作"求阙斋"，求缺？为什么？为什么不求完美？

那斋名也使我着迷。

"阙"有什么好呢？"阙"简直有点像古中国性格中的一部分，我渐渐爱上了"阙"的境界。

我不再爱花好月圆了吗？不是的，我只是开始了解花开是一种偶然，同时学会了爱它们月不圆、花不开的"常态"。

在中国的传统里，"天残地缺"或"天聋地哑"的说法几乎毫无疑问地被一般人所接受。也许由于长期的患难困顿，中国神话中对天地的解释常是令人惊讶的。

在《淮南子》里，我们发现中国的天空和中国的大地都是曾经受伤的。女娲以其柔和的慈手补缀，抚平了一切残破。当时，天穿了，女娲炼五色石补了天。地摇了，女娲折断了神鳌的脚爪垫稳了四极（多像老祖母叠起报纸垫桌子腿）。她又像一个能干的主妇，扫了一堆芦灰，止住了洪水。

中国人一直相信天地也有其残缺。

我非常喜欢中国西南部纳西族的神话，他们说，天地是男神女神合造的。当时男神负责造天，女神负责造地。等他们各自分头完成了天地而打算合在一起的时候，可怕的事发生了：女神太勤快，她们把地造得太大，以至跟天没办法合起来了。但是，他们终于想到了一个好办法，他们把地折叠了起来，形成高山低谷，然后，天地才虚合起来了。

是不是西南的崇山峻岭给他们灵感，使他们想起这则神话呢？

天地是有缺陷的，但缺陷造成了皱褶，皱褶造成了奇峰幽谷之美。月亮是不能常圆的，人生不如意事十常八九，当我们心平气和地承认这一切缺陷的时候，我们忽然发觉没有什么是不可以接受的。

在另一则汉民族的神话里，说到大地曾被共工氏撞不周山时撞歪了——从此"地陷东南"，长江黄河便一路浩浩渺渺地向东流去，流出几千里地惊心动魄的风景。而天空也在当时被一起撞歪了，不过歪的方向相反，是歪向西北，据说日月星辰因此哗啦一声大部分都倒到那个方向去了。如果某个夏夜我们抬头而看，忽然发现群星灼灼然的方向，就让我们相信，属于中国的天空是"天倾西北"的吧！

五千年来，汉民族便在这歪倒倾斜的天地之间挺直脊骨生活下去，只因我们相信残缺不但是可以接受的，而且是美丽的。

而月亮，到底曾经真正圆过吗？人生世上其实也没有看过真正圆的东西。一张葱油饼不够圆，一块镍币也不够圆。即使是圆规画的圆，如果用高度显微镜来看，也不可能圆得很完美。

真正的圆存在于理念之中，而在现实的世界里，我们只能做圆的"复制品"。就现实的操作而言，一截圆规上的铅笔芯在画圆的起点和终点时，已经粗细不一样了。

所有的天体远看都呈球形，但并不是绝对的圆，地球是约近于椭圆形。

就算我们承认月亮约略的圆光也算圆，它也是"方其圆时，即其缺时"。有如十二点整的钟声，当你听到钟响时，已经不是十二点了。

此外，我们更可以换个角度看。我们说月圆月缺其实是受我们有限的视觉所欺骗。有盈虚变化的是月光，而不是月球本身。月何尝圆，又何尝缺，它只不过像地球一样不增不减地兀自圆着——以它那不十分圆的圆。

花朝月夕，固然是好的，只是真正的看花人哪一刻不能赏花？在初生的绿芽嫩嫩怯怯地探头出土时，花已暗藏在那里。当柔软的枝条试探地在大气中舒手舒脚时，花隐在那里。当蓓蕾悄然结胎时，花在那里。当花瓣怒张时，花在那里。当香销红黯、委地成泥的时候，花仍在那里。当一场雨后只见满丛绿肥的时候，花还在那里。当果实成熟时，花恒在那里。甚至当果核深埋地下时，花依然在那里……

或见或不见，花总在那里。或盈或缺，月总在那里。不要做一朝的看花人吧，不要做一夕的赏月人吧，人生在世哪一刻不美好完满？哪一刹那不该顶礼膜拜感激欢欣呢？

因为我们爱过圆月，让我们也爱缺月吧——它们原是同一个月亮啊！

初
心

"初……裁衣之始也。"文字学的书上如此解释。

人生一世，亦如一匹辛苦织成的布，一刀下去，一切就都裁就了。

"初、哉、首、基、肇、祖、元、胎……"

因为书是新的，我翻开的时候也就特别慎重。书本上的第一页第一行是这样的："初、哉、首、基、肇、祖、元、胎……始也。"

那一年，我十七岁，望着《尔雅》这本书的第一句话而愕然，这书真奇怪啊！把"初"和一堆"初的同义词"并列卷首，仿佛立意要用这一长串"起始"之类的字来做整本书的起始。

也是整个中国文化的起始和基调吧？我有点敬畏起来了。

想起另一本书，《圣经》，也是这样开头的：

"起初，上帝创造天地。"

真是简明又壮阔的大笔，无一语修饰形容，却是元气淋漓，如洪钟之声，震耳贯心，令人读着读着竟有坐不住的感觉，所谓壮志陡生，有天下之志，就是这种心情吧！寥寥数字，天工已竟，令人想见日之初升，海之初浪，高山始突，峡谷乍裂，以及大地寂然等待小草涌腾出土的一刹那！

而那一年，我十七，刚入中文系，刚买了这本古代第一本字典《尔雅》，立刻就被第一页第一行迷住了，我有点喜欢起文字学来了。真好，中国人最初的一本字典（想来也是世人的第一本字典），它的第一个字就是"初"。

"初……裁衣之始也。"文字学的书上如此解释。

我又大为惊动，我当时已略有训练，知道每一个中国文字背后都有一幅图画，但这"初"字背后不止一幅画，而是长长的一幅卷轴。想来当年造字之人初造"初"字的时候，也是煞费苦心之余的神来之笔。"初"这件事无形可绘，无状可求，如何才能追踪描摹？

他想起某个女子的动作，也许是母亲，也许是妻子，那样慎重地先从纺织机上把布取下来。整整齐齐的一匹布，她手握剪刀，当窗而立，她屏息凝神，考虑从哪里下刀，阳光把她微微毛乱的鬓发渲染成一轮光圈。她用神秘而多变的眼光打量着那整匹布，仿佛在主持一项典礼，其实她努力要决定的只不过是究竟该先做一件孩子的小衫好呢，还是先裁自己的一条裙子。一匹布，一如渐渐沉黑的黄昏，有一整夜的美梦可以预期——当然，也有可能是噩梦，但因为有可能成为噩梦，美梦就更值得去渴望——而在她思来想去的当际，窗外陆陆续续流溢而过的是初春的阳光，是一阵一阵的风，是雏鸟拿捏不稳的初鸣，是天空中一匹复一匹不知从哪一台纺织机里卷出的浮云……

那女子终于下定决心，一刀剪下去，脸上有一种近乎悲壮的决然。

"初"字，就是这样来的。

人生一世，亦如一匹辛苦织成的布，一刀下去，一切就都裁就了。

整个宇宙的成灭，也可视为一次女子的裁衣啊！我爱上"初"这个字，并且提醒自己，每个清晨都该恢复为一个"初人"，每一刻，都要维护住那一片初心。

初发芙蓉

《颜延之传》(《南史》)里这样说："延之尝问鲍照，己与灵运优劣，照曰：'谢五言如初发芙蓉，自然可爱；君诗如铺锦列绣，亦雕缋满眼。'"

六朝人说的芙蓉便是荷花，鲍照用"初发芙蓉"比谢灵运，实在令人羡慕，其实"像荷花"不足为奇，能像"初发芙蓉"才令人神思飞驰。灵运一生独此四字，也就够了。

后来的文学批评也爱沿用这字眼，周济《介存斋论词杂著》中论晚唐韦庄的词便说："端己词清艳绝伦，初日芙蓉春日柳，使人想见风度。"中国人没有什么"诗之批评"或"词之批评"，只有"诗话""词话"，而词话好到如此，其本身已凝聚饱实，且华丽如一则小令。

清露晨流，新桐初引

《世说新语》里有一则故事，说到王恭和王忱原是好友，以后却因政治上的芥蒂而分手。只是每次遇见良辰美景，王恭总会想到王忱。面对山石流泉，王忱便恢复为王忱，是一个精彩的人，是一个可以共享无限清机的老友。

有一次，春日绝早，王恭独自漫步到幽极胜极之处，书上记载说："于时清露晨流，新桐初引。"

那被人爱悦，被人誉为"濯濯如春月柳"的王恭忽然怅怅然冒出一句："王大故自濯濯。"语气里半是生气半是爱惜，翻成白话就是："唉，王大那家伙真没话说——实在是出众！"

不知道为什么，作者在描写这段微妙的人际关系时，把周围环境也一起写进去了。而使我读来怦然心动的也正是那段"于时清露晨流，新桐初引"的附带描述。也许不是什么惊心动魄的大景观，只是一个序幕初启的清晨，只是清晨初初映着阳光闪烁的露水，只是露水装点下的桐树初初抽了芽，遂使得人也变得纯洁灵明起来，甚至强烈地怀想起那个有过嫌隙的朋友。

李清照大约也是被这光景迷住了，所以她的《念奴娇》里竟把"清露晨流，新桐初引"的句子全搬过去了。一颗露珠，从六朝闪到北宋，一叶新桐，在安静的扉页里晶薄透亮。

我愿我的朋友也在生命中最美好的片刻想起我来。在一切天清地阔之时，在叶嫩花初之际，在霜之始凝，夜之始静，果之初熟，茶之方馨，在船之启碇，鸟之回翼，在婴儿第一次微笑的一刹那，想及我。

如果想及我的那人不是朋友，而是敌人（如果我有敌人的话），那也好——不，也许更好，嫌隙虽深，对方却仍会想及我，必然因为我极为精彩的缘故。当然，也因为一片初生的桐叶是那么好，好得足以让人有气度去欣赏仇敌。

初雪

诗诗，我的孩子：

如果五月的花香有其源自，如果十二月的星光有其出发的处所，我知道，你便是从那里来的。

这些日子以来，痛苦和欢欣都如此尖锐，我惊奇在它们之间区别竟是这样地小。每当我为你受苦的时候，总觉得那十字架是那样轻省。于是我忽然了解了我对你的爱情，你是早春，把芬芳秘密地带给了园。

在全人类里，我有权利成为第一个爱你的人。他们必须看见你、了解你、认识你而后才决定爱你，但我不需要。你的笑貌在我的梦里翱翔，具体而又真实。我爱你没有什么可夸耀的，事实上没有人能忍得住对孩子的爱情。

你来的时候，我开始成为一个爱思想的人，我从来没有这样深思过生命的意义，这样敬重过生命的价值，我第一次被生命的神圣和庄严感动了。

因着你，我爱了全人类，甚至那些金黄色的雏鸡，甚至那些走起路来摇摆不定的小狗，它们全都让我爱得心疼。

我无可避免地想到战争，想到人类最不可抵御的一种悲剧。我们这一代人像菌类植物一般，生活在战争的阴影里。我们的童年便在拥塞的火车上和颠簸的海船里度过。而你，我能给你怎样的一个时代？我们既不能回到诗一般的十九世纪，也不能隐向神话般的阿尔卑斯山，我们注定生活在这苦难的年代，以及苦难的中国。

孩子，每思及此，我就对你抱歉，人类的愚蠢和卑劣把自己陷在悲惨的命运里。而今，在这充满核子恐怖的地球上，我们有什么给新生的婴儿？不是金锁片，不是香槟酒，而是每人平均相当一百万吨 TNT（一种烈性炸药）的核子威力。孩子，当你用完全信任的眼光看这个世界的时候，你是否看得见那些残忍的武器正悬在你小小的摇篮上，以及你父母亲的大床上？

我生你于这样一个世界，我也许是错了。天知道我们为你安排了一段怎样的旅程。

但是，孩子，我们仍然要你来，我们愿意你和我们一起学习爱人类，并且和人类一起受苦。不久，你将学会为这一切的悲剧而流泪——而我们的时代多么需要这样的泪水和祈祷。

诗诗，我的孩子，有了你我开始变得坚忍而勇敢。我竟然可以面对冰冷的死亡而无惧于它的毒钩。我正视着生产的苦难而仍觉傲然。为你，孩子，我会去战胜它们。我从没有像现在这样热爱过生命。你教会我这样多成熟的思想和高贵的情操，我为你而献上感谢。

前些日子，我忽然想起《新约》上的那句话："你们虽然没有见过他，却是爱他。"我立刻明白爱是一种怎样独立的感情。当尤加利的梢头掠过更多的北风，当高山的峰巅开始落下第一片初雪的莹白，你便会来到。而在你珊瑚色的四肢还没有开始在这个世界挥舞以前，在你黑玉的瞳仁还没有照耀这个城市之先，你已拥有我们完整的爱情。我们会教导你，在孩提以前先了解被爱。诗诗，我们答应你，要给你一个快乐的童年。

写到这里，我又模糊地忆起江南那些那么好的春天，而我们总是伏在火车的小窗上，火车绕着山和水而行，日子似乎就那样延续着。我仍记得那满山满谷的野杜鹃！满山满谷又凄凉又美丽的忧愁！

我们是太早懂得忧愁的一代。

而诗诗，你的时代未必就没有忧愁，但我们总会给你一个丰富的童年，在你所居住的屋顶下没有属于这个世界的财富，但有许多的爱、许多的书、许多的理想和梦幻。我们会为你砌一张故事里的玫瑰花床,你便在那柔软的花瓣上游戏和休息。

当你渐渐认识你的父亲,诗诗,你会惊奇于自己的幸运,他诚实而高贵,他亲切而善良。慢慢地你也会发现你的父母相爱得有多么深。经过这么多年,他们的爱仍然像林间的松风,清馨而又新鲜。

诗诗,我的孩子,不要以为这是必然的,这样的幸运不是每一个孩子都有的。这个世界不是每一对父母都相爱的。曾有多少个孩子在黑夜里独泣,在他们还没有正式投入人生的时候,生命的意义便已经被否定了。诗诗,诗诗,你不会了解那种幻灭的痛苦,在所有的悲剧之前,那是第一出悲剧。而事实上,整个人类都在相残着,历史并没有教会人类相爱。诗诗,你去教他们相爱吧,像那位诗哲所说的:他们残暴地贪婪着、嫉妒着,他们的言辞有如隐藏的刀锋正渴于饮血。

去,我的孩子,去站在他们不欢之心的中间,让你温和的眼睛落在他们身上,有如黄昏的柔霭淹没那日间的争扰。

让他们看你的脸,我的孩子,因而知道一切事物的意义,让他们爱你,因而彼此相爱。

诗诗,有一天你会明白,上苍不会容许你吝啬守护着你所继承的爱。诗诗,爱是蕾,它必须绽放。它必须在疼痛的破拆中献出芳香。

诗诗,你也教导我们学习更多、更高的爱。记得前几天,一则药商的广告使我惊骇不已，那广告是这样说的："孩子，不该比别人的衰弱。下一代的健康关系着我们的面子。要是孩子长得比别人的健康、美丽、快乐，该多好、多荣耀啊。"诗诗，人性的卑劣使我不禁齿冷。诗诗，我爱你，我答应你，永不在我对你的爱里掺入不纯洁的成分。你就是你，你永不会被我们拿来和别人比较，你不需要为满足父母的虚荣心而痛苦。你在我们眼中永远杰出，你可以贫穷、可以失败，甚至可以潦倒。诗诗，如果我们骄傲，是为你本身而骄傲，不是为你的健康、美丽或者聪明。你是人，不是我们培养的灌木，我们决不会把你修剪成某种形态，来让别人称赞我们的园艺天才。你可以照你的倾向生长，你选择什么样式，我们都会喜欢——或者学习着去喜欢。

我们会竭力地去了解你，我们会慎重地俯下身去听你述说一个孩童的秘密愿望。我们会带着同情与谅解，帮助你度过忧闷的少年时期。而当你成年，诗诗，我们仍愿分担你的哀伤，人生总有一些悲怆和无奈的事。诗诗，如果在未来的日子里你感觉孤单，请记住你的母亲，我们的生命曾一度相系，我会努力使这种联系持续到永恒。我再说，诗诗，我们会试着了解你，以及属于你的时代。我们会信任你——上帝从未赐下坏的婴孩。

我们会为你祈祷，孩子，我们不知道那些古老而太平的岁月会在什么时候重现。那种好日子终我们一生也许都看不见了。

如果这种承平永远不会重现，那么，诗诗，那也是无可抗拒、无可挽回的事。我只有祝福你的心灵，能在苦难的岁月里有内在的宁静。

常常记得，诗诗，你不单是我们的孩子，你也属于山，属于海，属于五月里无云的天空——而这一切，将永远是人类欢乐的主题。

你即将长大，孩子，每一次，当你轻轻地颤动，爱情便在我的心里急速涨潮。你是小芽，蕴藏在我最深的深心里，如同音乐蕴藏在长长的箫笛中。

前些日子，有人告诉我一则美丽的日本故事。说每年冬天，当初雪落下的那一天，人们便坐在庭院里，穆然无言地凝望那一片片轻柔的白色。

那是一种怎样虔敬、动人的景象！那时候，我就想到你，诗诗，你就是我们生命中的初雪。纯洁而高贵，深深地撼动着我。那些对生命的惊服和热爱，常使我在静穆中有哭泣的冲动。

诗诗，给我们的大地一些美丽的白色。诗诗，我们的初雪。

雨天的书

一

　　我不知道，天为什么无端落起雨来了。薄薄的水雾把山和树隔到更远的地方去，我的窗外遂只剩下一片辽阔的空茫了。

　　想你那里必是很冷了吧，另芳？青色的屋顶上滚动着水珠子，滴沥的声音单调而沉闷，你会不会觉得很寂寥呢？

　　你的信仍放在我的梳妆台上，折得方方正正的，依然是当日的手痕。我以前没见过你，以后也找不着你，我所能持有的，也不过是这一片模模糊糊的痕迹罢了。另芳，你呢？你没有我只言片语，等到我提起笔，却没有人能为我传递了。

冬天里，南馨拿着你的信来。细细斜斜的笔迹，优雅温婉的话语。我很高兴看你的信，我把它和另外一些信件并放着。它们总是给我鼓励和自信，让我知道，当我在灯下执笔的时候，实际上并不孤独。

另芳，我没有即时回你的信，人大了，忙的事也就多了。后悔有什么用呢？早知道你是在病榻上写那封信，我就去和你谈谈，陪你出去散散步，一同看看黄昏时候的落霞，但我又怎么想象得到呢？十七岁，怎么能和死亡联想在一起呢？死亡，那样冰冷、阴森的字眼，无论如何也不该和你产生关联的。这出戏结束得太早，迟到的观众只好望着合拢的黑绒幕黯然了。

雨仍在落着，频频叩打我的玻璃窗。雨水把世界布置得幽冥昏暗，我不由得幻想你打着一把小伞，从芳草没胫的小路上走来，走过生，走过死，走过永恒。

那时候，放了寒假。另芳，我心里其实一直是惦着你的。只是找不着南馨，没有可以传信的人。等开了学，找着了南馨，一问及你，她就哭了。另芳，我从来没有这样恨自己。另芳，如今我向哪一条街寄信给你呢？有谁知道你的新地址呢？

南馨寄来你留给她的最后字条，捧着它，我自泫然。另芳，我算什么呢？我和你一样，是被送来这世界观光的客人。我带着惊奇和喜悦看青山和绿水，看生命和知识。另芳，我有什么特别值得一顾的呢？只是我看这些东西的时候比别人多了一份冲动，便不由得把它记录下来了。我究竟有什么值得结识的呢？那些美得叫人痴狂的东西没有一样是我创造的，也没有一件是我经营的，而我那些仅有的记录，也是支离破碎，几乎完全走样的。另芳，聪慧如你，为什么念念要得到我的信呢？

"她死的时候没有遗憾，"南馨说，"除了想你的信。你能写一封信给她吗？我要烧给她——我是信耶稣的，我想耶稣一定会拿给她的。"

她是那样天真，我是要写给你的，我一直想着要写的，我把我的信交给她，但是，我想你已经不需要它了。你此刻在做什么呢？正在和鼓翼的小天使嬉戏吧？或是拿软软的白云捏人像吧？（你可曾塑过我的？）再不然就一定是在茂美的林园里倾听金琴的轻拨了。

另芳，想象中，你是一个纤柔多愁的影子，皮肤是细致的浅黄，眉很浓，眼很深，嘴唇很薄（但不爱说话），是吗？常常穿着淡蓝色的衣裙，喜欢望着帘外的落雨而出神，是吗？另芳，或许我们真是不该见面的，好让我想象中的你更为真切。

另芳，雨仍下着，淡淡的哀愁在雨里飘零。遥想你墓地上的草早该绿透了，但今年春天你没有看见。想象中有一朵白色的小花开在你的坟头，透明而苍白，在雨中幽幽地抽泣。

而在天上，在那灿烂的灵境上，是不是也正落着阳光的雨、落花的雨和音乐的雨？另芳，请俯下你的脸来，看我们，以及你生长过的地方。或许你会觉得好笑，便立刻把头转开了。你会惊讶地自语："那些年，我怎么那么痴呢？其实，那些事不是都显得很滑稽吗？"

另芳，你看，写了这么多。是的，其实写这些信也很滑稽，在永恒里的你已不需要这些了，但我还是要写，我许诺过要写的。

或者，明天早晨，小天使会在你的窗前放一朵白色的小花，上面滚动着无数银亮的小雨珠。

"这是什么？"

"这是我们在地上发现的，有一个人，写了一封信给你，我们不愿把那样拙劣的文字带来，只好把它化成一朵小白花了——你去念吧，她写的都在里面了。"

那细碎质朴的小白花遂在你的手里轻颤着。另芳，那时候，你怎样想呢？它把什么都说了，而同时，它什么也没有说。那一片白，乱簌簌地摇着，模模糊糊地摇着你生前曾喜爱过的颜色。

那时候，我愿看到你的微笑，隐约而浅淡，映在花瓣的水珠里——那是我从来没有看见，并且也没有想象过的。

二

细致的湘帘外响起潺潺的声音，雨丝和帘子垂直地交织着，遂织出这样一个朦胧、暗淡而又多愁绪的下午。

山径上，两个顶着书包的孩子在跑着、跳着、互相追逐着。她们不像是雨中的行人，倒像是在过泼水节。一会儿，她们消失在树丛后面，我的面前重新现出湿湿的绿野、低低的天空。

手里握着笔，满纸画的都是人头。上次念心理系的王说，人所画的，多半是自己的写照，而我的人像都是沉思的，嘴角有一些悲悯的笑意。那么，难道这些都是我吗？难道这些身上穿着曳地长裙，右手握着檀香折扇，左手擎着小花阳伞的都是我吗？咦，我竟是那个样子的吗？

一张信笺摊在玻璃板上，白而薄。信债欠得太多了，究竟今天先还谁的呢？黄昏的雨落得这样忧愁，那千万只柔柔的纤指抚弄着一束看不见的弦索，轻挑慢捻，触着的总是一片凄凉悲怆。

那么，今日的信寄给谁呢？谁愿意看一带灰白的烟雨呢？但是，我的眼前又没有万里晴岚，这封信该怎么写呢？

这样吧，寄给自己，那个逝去的自己。寄给那个听小舅讲"灰姑娘"故事的女孩子，寄给那个跟父亲念《新丰折臂翁》的中学生，寄给那个在水边静坐的织梦者，寄给那个在窗前扶头的沉思者。

但是，她在哪里呢？就像刚才那两个在山径上嬉玩的孩童，倏忽间，便无法追寻了。而那个"我"呢？你隐藏到哪一处树丛后面去了呢？

你听，雨落得这样温柔，这不是你所盼望的雨吗？记得那一次，你站在后庭里，抬起头，让雨水落在你张开的口里，那真是很好笑的。你又喜欢一大清早爬起来，到小树叶下去找雨珠。很小心地放在写算术用的化学垫板上，高兴得像是得了一满盘珠宝。你真是很富有的孩子，真的。

什么时候你又走进中学的校园了？在遮天的古木下，听隆然的雷声，看松鼠在枝间乱跳，你忽然欢悦起来。你的欣喜有一种原始的单纯和热烈，使你生起一种欲舞的意念。但当天空陡然变黑，暴风夹雨而至的时候，你就突然静穆下来，带着一种虔诚的敬畏。你是喜欢雨的，你一向如此。

那年夏天，教室后面那棵花树开得特别灿美，你和芷同时发现了。那些嫩枝被成串的黄花压得低垂下来，一直垂到小楼的窗口。每当落雨时分，那些花串就变得透明起来，美得让人简直不敢喘气。

那天下课的时候，你和芷站在窗前。花在雨里，雨在花里，你们遂为那些声音、那些颜色颠倒了，但渐渐地，那些声音和颜色也悄然退去，你们遂迷失在生命早年的梦里。猛回头，教室竟空了，才想起那一节是音乐课，同学们都走光了，到音乐教室上课去了。那天老师没骂你们，真是很幸运的——不过他本来就不该骂你们，你们在听夏日花雨的组曲呢！

渐渐地，你会忧愁了。当夜间，你不自禁地去听竹叶滴雨的微响；当初秋，你勉强念着"留得残荷听雨声"，就模模糊糊地为自己拼凑出一些哀愁了。你愁什么呢？你不能回答——你至今都不能回答。你不能抑制自己去喜欢那些苍凉的景物，又不能保护着自己不受那种愁绪的感染。其实，你是不必那么善感的，你看，别人家都忙自己的事，偏是你要愁那不相干的愁。

年齿渐长，慢慢也会遭逢一点人事了，只是很少看到你心平气和过，并且总是带着鄙夷，看那些血气衰败到不得不心平气和的人。在你，爱是火炽的，恨是死冰的，同情是渊深的，哀愁是层叠的。但是，谁知道呢？人们总说你是文静的，只当你是温柔的。他们永远不了解，你之所以爱阳光，是钦慕那种光明；你之所以爱雨水，是向往那份淋漓。但是，谁知道呢？

当你读到《论语》上那句"知其不可而为之"，忽然血如潮涌，几天之久不能安坐。你从来没有经历过这样大的暴雨——在你的思想和心灵中。你仿佛看见那位圣人的终生颠沛，因而预感到自己的一部分命运。但你不能不同时感到欣慰，因为许久以来，你所想要表达的一个意念，竟在两千年前的一部典籍上出现了。直到现在，一想起这句话，你心里总激动得不能自已。你真是傻得可笑，你。

凭窗望去，雨已看不分明，黄昏竟也过去了。只是那清晰的声音仍然持续，像乐谱上的一个延长记号。那么，今后又是一个凄零的雨夜了。你在哪里呢？你愿意今宵来入梦吗？带我到某个旧游之处去走走吧！南京的古老城墙是否已经苔滑？柳州的峻拔山水是否也已剥落？

　　下一次写信是什么时候呢？我不知道。当有一天我老的时候，或许会写一封很长的信给你呢！我不希望你接到一封有谴责意味的信，我是多么期望能写一封感谢和赞美的信啊！只是，那时候的你配得到它吗？

　　雨声滴答，寥落而美丽。在不经意的一瞥中，忽然发现小室里的灯光竟是这般温柔。同时，在不经意的回顾中，你童稚的光辉竟也在遥远的地方闪烁。而我呢？我的光芒呢？真的，我的光芒呢？在许多年之后，当我桌上这盏灯燃尽了，世上还有没有其他的光呢？哦，我的朋友，我不知道那么多，只愿那时候你我仍发着光，在每个黑暗、凄冷的雨夜里。

画晴

落了许久的雨，天忽然晴了。心理上就觉得似乎捡回了一批失落的财宝，天的蓝宝石和山的绿翡翠在一夜之间又重现在晨窗中了。阳光倾注在山谷中，如同一盅稀薄的葡萄汁。

我起来，走下台阶，独自微笑着、欢喜着。四下一个人也没有，我就觉得自己也没有了。天地间只有一团喜悦、一腔温柔、一片勃勃然的生气。我走向田畦，就以为自己是一株恬然的菜花。我举袂迎风，就觉得自己是一缕旋绕的气流。我抬头望天，又把自己误为明灿的阳光。我的心从来没有这样宽广过，恍惚中忆起一节经文："上帝叫日头照好人，也照歹人。"我第一次那样深切地体会到造物者的深心，我就忽然热爱起一切有生命和无生命的东西来了。我那样渴切地想对每一个人说声早安。

不知怎的，忽然想起住在郊外的陈，就觉得非去拜访她不可，人在这种日子里真不该再有所安排和计划的。在这种阳光中如果不带有几分醉意，凡事随兴而行，就显得太不调和了。

转了好几班车，来到一条曲折的黄泥路上。天晴了，路刚晒干，温温软软的，让人感觉到大地的脉搏。一路走着，不觉到了，我站在竹篱前面，连吠门的小狗也没有一只。门上斜挂了一把小铃，我独自摇了半天，猜想大概是没人了。低头细看，才发现一个极小的铜锁——她也出去了。

我又站了许久，不知道自己该往哪里去。想要留个字条，又说不出造访的目的。其实我并不那么渴望见她的，我只想消磨一个极好的艳阳天，只想到乡村里去看看五谷六畜怎样欣赏这个日子。

抬头望去，远处禾场很空阔，几垛稻草疏疏落落地散布着，颇有些仿古制作的意味。我信步徐行，发现自己正走向一片广场，黄绿不匀的草在我脚下伸展着，奇怪的大石在草丛中散置着。我选了一块比较光滑的斜靠而坐，就觉得身下垫的和身上盖的都是灼热的阳光。我陶然许久，定神环望，才发现这景致简单得不可置信——一片草场，几块乱石。远处唯有天草相黏，近处只有好风如水。没有任何名花异草，没有任何仕女云集，但我为什么这样痴骏地坐着呢？我是被什么吸引着呢？

我悠然地望着天，我的心就恍然回到往古的年代，那时候必然也是一个久雨后的晴天，一个村野之人，在耕作之余，到禾场上去晒太阳。他的小狗在他的身旁打着滚，弄得一身是草，他酣然地躺着，傻傻地笑着，觉得没有人经历过这样的幸福。于是，他兴奋起来，喘着气去叩王室的门，要把这宗秘密公布出来。他万万没有想到所有听见的人都掩袖窃笑，从此把他当作一个典故来打趣。

他有什么错呢？因为他发现的真理太简单吗？但经过这样多个世纪，他所体味的幸福仍然不是坐在暖气机边的人所能了解的。如果我们肯早日离开阴深黑暗的蛰居，回到热热亮亮的光中，那该多美呢！

头顶上有一棵不知名的树，叶子不多，却都很青翠，太阳的影像从树叶的微隙中筛了下来。暖风过处满地团团的日影都欣然起舞。唉，这样温柔的阳光，对庸碌的人而言，一生之中又能几遇呢？

坐在这样的树下，又使我想起自己平日对人品的观察。我常常觉得自己的浮躁和浅薄就像"夏日之日"，常使人厌恶、回避。于是在深心之中，总不免暗暗地向往着一个境界——"冬日之日"。那是光明的，却毫不刺眼；是暖热的，却不至灼人。什么时候我才能那样含蕴，那样温柔敦厚而又那样深沉呢？"如果你要我成为光，求你让我成为这样的光。"我不禁用全心灵祷求"不是独步中天，造成气焰和光芒，而是透过灰冷的天空，用一腔热忱去温暖一切僵坐在阴湿中的人"。

渐近日午，光线更明朗了，一切景物的色调开始变得浓重。记得曾读过段成式的作品，独爱其中一句"坐对当窗木，看移三面阴"。想不到我也有缘领略这种静趣。其实我所欣赏的，前人已经欣赏了；我所感受的，前人也已经感受了。但是，为什么这些经历依旧这么深，这么新鲜呢？

身旁有一袋点心，是我顺手买来打算送给陈的，现在却成了我的午餐。一个人，在无垠的草场上，咀嚼着简单的干粮，倒也是十分有趣。在这种景色里，不觉其饿，却也不觉其饱。吃东西只是一种情趣，一种艺术。

我原来是带了一本词集的，却一直没打开，总觉得直接观赏情景，比间接的观赏要深刻得多。饭后有些倦了，才顺手翻它几页。不觉沉然欲睡，手里还拿着书，人已经恍然踏入另一个境界。

等到醒来，发现几只黑色瘦胫的羊，正慢慢地啮着草，远远地有一个孩子跷脚躺着，悠然地嚼着一根长长的青草。我抛书而起，在草场上迂回漫步。难得这么静的下午，我的脚步声和羊群的啮草声都清晰可闻。回头再看看那曲臂为枕的孩子，不觉有点羡慕他那种"富贵于我如浮云"的风度了。几只羊依旧低头择草，恍惚间只让我觉得它们咀嚼的不只是草，而且是冬天里半发的绿意，以及荒场上无边无际的阳光。

日影稍稍西斜了，光辉却仍旧不减，在一天中，我往往偏爱这一刻。我知道有人歌颂朝云，有人爱恋晚霞。至于耀眼的日升和幽邃的黑夜都惯受人们的钟爱。唯有这样平凡的下午，没有一点彩色和光芒的时刻，常常会被人遗忘，但我却不能自禁地喜爱并且瞻仰这份宁静、恬淡和收敛。我回到自己的位置坐下，茫茫草原，就只交付我和那看羊的孩子吗？叫我们如何消受得完呢？

偶抬头，只见微云掠空，斜斜地徘着。像一首短诗，像一阕不规则的小令。看着看着，就忍不住发出许多奇想。记得元曲中有一段述说一个人不能写信的理由："不是无才思，绕清江，买不得天样纸。"而现在，天空的蓝笺已平铺在我头上，我却苦于没有云样的笔。其实即使有笔如云，也不过随写随抹，何尝尽责描绘造物之奇。至于和风动草，大概本来也想低吟几句云的作品。只是云彩总爱反复地更改着，叫风声无从传布。如果有人学会云的速记，把天上的文章流传几篇到人间，又该多么好呢。

正在痴想之间，发现不但云朵的形状变幻着，连它的颜色也奇异地转换了。半天朱霞，灿然如焚，映着草地也有三分红意了。不仔细分辨，就像莽原尽处烧着一片野火似的。牧羊的孩子不知何时已把他的羊聚拢了。村里烟袅升，他也就隐向一片暮霭中去了。

我站起身来，摸摸石头还有一些余温，而空气中却沁进几分凉意了。有一群孩子走过，每人抱着一怀枯枝干草。忽然见到我就都停下来，互相低语着。

"她真有点奇怪，不是吗？"

"我们这里从来没有人来远足的。"

"我知道，"有一个较老成的孩子说，"他们有的人喜欢到这里来画图的。"

"可是，我没有看见她的纸和她的水彩呀！"

"她一定画好了，藏起来了。"

得到满意的结论以后，他们又作一行归去了。远处有疏疏密密的竹林，掩映一角红墙，我望着他们各自走入他们的家，心中不禁怃然若失。想起城市的街道，想起两侧壁立的大厦，人行其间，抬头只见一线天色，真仿佛置身于死荫的幽谷了。而这里，在这不知名的原野中，却是遍地泛滥着阳光。人生际遇不同，相去多么远啊！

我转身离去，落日在我身后画着红艳的圆，而远处昏黄的灯光也同时在我面前亮起。那种壮丽和寒碜成为极强烈的对照。

遥遥地看到陈的家，也已经有了灯光，想她必是倦游归来了，我迟疑了一下，没有走过去摇铃，我已拜望过郊外的晴朗，不必再看她了。

走到车站，总觉得手里比来的时候多了一些东西，低头看看，依然是那一本旧书。这使我忽然迷惑起来了，难道我真的携有一张画吗？像那个孩子所说的："画好了，藏起来了！"

归途上，当我独行在黑茫茫的暮色中，我就开始接触那轴画了。它是用淡墨染成的"晴郊图"，画在平整的心灵素宣上，在每一个阴黑的地方向我展示。

在这无风的静夜里，

愿我的语言环绕你，

如同远远近近的小山。

在无风的静夜里

图书在版编目（CIP）数据

在无风的静夜里 / 张晓风著 . -- 长沙：湖南文艺出版社，2020.9

ISBN 978-7-5404-9618-0

Ⅰ . ①在… Ⅱ . ①张… Ⅲ . ①散文集—中国—当代 Ⅳ . ① I267

中国版本图书馆 CIP 数据核字（2020）第 059480 号

上架建议：名家经典·散文

ZAI WU FENG DE JINGYE LI
在无风的静夜里

作　　者：张晓风
出 版 人：曾赛丰
责任编辑：丁丽丹
监　　制：毛闽峰　李　娜
特约策划：李　颖　雷清清
特约编辑：周子琦
版权支持：张雪珂
营销支持：刘　珣　焦亚楠
封面设计：尚燕平
内文插图：陆　璃
版式设计：梁秋晨
出　　版：湖南文艺出版社
　　　　　（长沙市雨花区东二环一段 508 号　邮编：410014）
网　　址：www.hnwy.net
印　　刷：三河市中晟雅豪印务有限公司
经　　销：新华书店
开　　本：875mm×1230mm　1/32
字　　数：158 千字
印　　张：8.5
版　　次：2020 年 9 月第 1 版
印　　次：2020 年 9 月第 1 次印刷
书　　号：ISBN 978-7-5404-9618-0
定　　价：45.80 元

若有质量问题，请致电质量监督电话：010-59096394
团购电话：010-59320018